이 아이는 자라서
이렇게 됩니다

이 아이는 자라서
이렇게 됩니다

아깽이에서
성묘까지
40마리
고양이의
폭풍성장기

이용한
글·사진

이야기장수

고양이와 협업한
17년의 기록

17년 전이다. 달빛이 환한 밤이었고, 집 앞 버려진 소파에서 어미 품을 파고드는 아깽이들을 만났다. 나는 숨을 멈추고 한참이나 그 장면을 지켜보았는데, 뭔가 이상한 기분이 들었다. 자꾸만 가슴 한편이 시큰거리더니 눈시울이 뜨거워졌다. 그것을 측은지심이라 불러도 되는지는 잘 모르겠다. 어쨌든 그날의 풍경 하나가 나를 고양이 세계로 이끌었고, 이렇게 고양이 바보로 만들었다.

이 책은 내가 만난 고양이 중에 최소 1년 이상 꾸준히 만남을 이어간 고양이들의 성장 기록이다. 아는 사람은 다 알겠지만, 영역동물인 고양이의 특성상 1년간 만남을 유지하는 것 자체가 쉬운 일은 아니다. 대부분의 고양이는 생후 4~5개월 이후 독립을 하거나 영역을 떠나는 게 일반적이다. 이보다 더 혹독한 현실은 아깽이가 태어나 무사히 성묘가 될 확률이 채 30퍼센트가 되지 않는다는 사실이다. 게다가 어렵게 성묘가 된 그들의 수명조차 3년 안팎에 불과하다. 열악한 환경과 먹이 부족, 질병과 사고, 인간의 폭력과 학대까지 고양이를 위협하는 요소는 한둘이 아니다.

 그나마 거처가 마련된 마당고양이의 경우는 다소 사정이 낫지만, 여기서도 무리 안에서의 서열싸움은 길고양이 사회와 다를 바 없다. 누군가는 권력에서 밀려나 쫓겨나거나 보장된 영역을 박차고 스스로 길을 떠나기도 한다. 중성화수술을 통해 그들만의 질서와 생존방식을 어느 정도 바꿀 수는 있다. 하지만 이 과정 자체가 누군가에겐 영역을 떠나게 만드는 빌미를 제공하는 것도 사실이다. 사실 마당고양이에게 가장 위협적인 요소는 그들 내부가 아니라 외부에 있다. 오랜 세월 내가 사료후원을 해온 전원(고양이 식당 2호점) 고양이와 노랑대문집(고양이 식당 3호점) 고양이들에게 가장 위협이 되었던 건 다름 아닌 이웃과의 마찰이었다. 고양이에게 밥 주지 말라는 지속적인 협박은 물론 사냥개를 풀어 노골적으로 고양이를 사냥하는 일도 빈번했다. 그렇게 여러 마리가 희생당했고, 여러 마리가 영역을 떠났다.

 대한민국이란 곳에서 고양이는 무사히 성묘가 되는 것만으로도 기적이다. 어쩌면 이 책이 그들의 기적에 대한 작은 부록일지도 모르겠다. 나는 그저 그들의 삶에 약간의 사료를 보태고, 이름을 불러주고, 묘생을 기록했을 뿐이다. 돌아보건대 고된 현실 속에서도 그들은 체념하기보다 용감했고, 비굴하기보다 당당했다. 자신의 처지를 비관하거나 고양이로 사는 것을 부끄러워하지도 않았다. 정기적인 급식으로 먹이사냥의 부담을 던 만큼 취미와 여가를 누리고, 자연을 즐겼다. 나는 그 모습이 좋았다. 아픈 현실은 잠시 접어두고 배가 부른 만큼 자신만의 시간을 즐기는 것.

사실 이런 작업은 고양이의 협조 없이는 불가능한 일이다. 다행히 나는 협조적인 고양이를 꽤나 여럿 만났고, 오랜 세월 그들과 협업을 이어갈 수 있었다. 고양이의 묘생은 언제나 사람의 인생보다 빠르게 흘러간다. 고양이는 태어난 지 1년도 안 돼 독립을 하거나 스스로 묘생을 책임지는 성묘가 된다. 성장한 고양이는 덩치가 커질 뿐만 아니라 어릴 때의 무늬나 털색이 훨씬 진해지고 눈색도 바뀐다. 더러 성격과 식성이 바뀌는 고양이도 있다. 사실 자주 만나는 고양이는 어제와 오늘이 별로 다르지 않게 느껴지지만, 1년 후의 모습을 비교하면 폭풍성장이란 말을 실감할 수 있다.

본래 '이 아이는 자라서 이렇게 됩니다'란 제목은 SNS에 어쩌다 한 번씩 올리던 시리즈였다. 고양이의 어린 시절과 성장 후 모습을 간단하게 비교하는 사진이었는데, 언제부턴가 이것이 많은 분들의 관심과 응원을 받는 인기 시리즈로 자리잡게 되었다. 그렇게 차곡차곡 17년의 기록이 쌓여 이렇게 한 권 분량의 책으로 엮을 수 있게 된 것이다. 책에는 그동안 만난 고양이 중 1년 이상 인연을 이어간 40마리의 성장 기록을 담았다. 그중에는 이미 영역을 떠났거나 무지개다리를 건넌 아이도 있고, 여전히 동행을 이어가는 고양이도 있다. 나는 들려주고 싶었다. 인간의 관심 밖에 이런 고양이가 살았고, 여전히 살고 있다고. 아무도 주목하지 않는 낱낱의 묘생을 이렇게라도 맘껏 중얼거리고 싶었다.

2023년 가을에
이용한

1부 다래나무집 고양이

2부　길에서 만난 고양이

3부 고양이 식당 2·3호점 고양이

4부 집에서 만난 고양이

다래나무집
고양이

오디	앵두	살구	앙고
미리	보리	새콤이	달콤이
몰라	삼장	자몽	짝짝이
쫄보	점례	금순이	맹자

이 아이는 자라서

이 아이는 자라서 ——————

이렇게 됩니다.

오디,
꽃장식이 어울리는 고양이

"이렇게 살기 힘든 세상에 고양이가 옆에 있어 다행이야."

가끔 그런 생각을 한다. 고양이는 아무 말 없이 그냥 옆에 있어주는 것만으로도 위로가 되는 존재라고. 내가 만난 모든 고양이가 그랬던 것 같다. 특히 오디, 앵두, 살구 삼 남매는 언제나 내가 보낸 사료 이상의 보은을 선사했다. 오디(2013~2022)를 처음 만난 건 2013년 6월 초였다. 라이더 한 분이 차가 쌩쌩 달리는 차도에 나와 울고 있던 아깽이 세 마리를 구조해 역 사무실에 맡기려는 걸 내가 집으로 데려온 것이다. 역에서 고양이를 임시 보호해줄 리 만무했고, 채 한 달이 될까 말까 한 젖둥이들이어서 아무한테나 맡길 수도 없었기 때문이다. 그렇게 집으로 온 녀석

들에게 분유를 먹이며 약 한 달의 시간이 흘렀을 때다. 집안에 이
미 다섯 마리 고양이가 있는 관계로 슬슬 입양처를 알아보고 있
는데, 처가인 다래나무집에서 도움의 손길을 내밀었다. 세 녀석
을 마당고양이로 키우겠다는 거였다.

그렇게 세 마리 아깽이는 다래나무집의 첫 고양이가 되었고,
각각 오디(고등어), 앵두(삼색이), 살구(노랑이)라는 이름까지
얻었다. 다래나무집에 고양이가 오면서 가장 신이 난 건 네 살 된
아들이었다. 할머니 할아버지와 살던 아들에게는 갑자기 세 마

오디의 아깽이 시절. 길에서 구조된 후 일주일 정도 지났을 때다.   17

아들과 어린 시절을 함께 보낸 오디.

"눈이 내려도 냥독대는 포기할 수 없다옹!"

리의 친구가 생긴 셈이었다. 세 마리 고양이는 여기서 살게 될 것을 예감했는지 오자마자 다래나무집 사람들에게 살갑게 굴었다. 특히 아들이 밖에 나올 때면 기다렸다는 듯 졸졸 따라다니곤 했다. 아들이 소꿉장난을 하거나 할아버지가 배추밭에 갈 때도 항상 그 옆에는 세 마리 고양이가 있었다.

오디는 세 마리 고양이 중 가장 활동적이고 장난이 심했다. 다래나무집 장독대(이때부터 다래나무집 장독대는 '냥독대'로 불렸다)에는 제법 많은 항아리가 있었는데, 오디는 숫제 이곳을 놀이터 삼아 날아다녔다. 장독대 앞 자작나무는 캣타워로 여겼고, 집

으로 들어오는 진입로에서는 수시로 우다다를 했다. 오디가 가장 관심 있는 종목은 점프였다. 녀석은 주로 살구와 우다다를 하며 점프놀이를 즐겼는데, 녀석의 기술은 액션활극이 따로 없었다. 오디는 첫번째 겨울이 왔을 때도 마치 묘생 2회차처럼 당황하지 않고 폭설 속을 누비며 산골의 겨울을 즐겼다. 상고대가 꽃처럼 핀 아침에 경운기 위에 올라 느긋하게 그루밍을 하는 모습은 어디서도 쉽게 만날 수 없는 비현실적 풍경 그 자체였다.

　한번은 이런 일도 있었다. 녀석이 중성화수술을 받고 얼마 지나지 않았을 때다. 아침에 나간 오디가 저녁 무렵 산에서 어린 삼색이를 한 마리 데리고 내려온 것이다. 상태가 좋지 않은 비쩍 마른 삼색이였다. 말 그대로 냥이가 냥이를 냥줍(길에서 고양이를 데려오는 것)해온 것이다. 이제껏 여러 고양이를 만났지만 이런 경우는 처음이었다. 오디에게 구조된 삼색이는 그날 이후 오디가 있을 때만 밥을 먹고, 오디 옆에서만 잠을 잤다. 그리고 한 달여가 지나 삼색이는 아주 건강한 고양이가 되어 있었다.

　사실 오디는 다래나무집에 온 이후로 줄곧 이곳의 대장 노릇을 했다. 하지만 '앙고'라는 턱시도 고양이가 다래나무집에 오고 1년쯤 지나 녀석에게 오디는 왕좌를 빼앗기고 말았다. 더불어 혈기왕성하고 용감했던 오디의 기세도 한풀 꺾였다. 애당초 오디에게 대장 자리는 맞지 않는 옷 같았다. 녀석은 오히려 대장에서 내려온 후부터 훨씬 맘 편하게 산골생활을 즐겼다. 오디에겐 그

아침식사를 마친 오디가 상고대를 배경으로 그루밍을 하고 있다.

동안 발견하지 못한 반전 매력이 있었는데, 바로 녀석이 다래나
무집 최고의 꽃 모델이라는 거였다. 녀석은 얼굴이나 몸 위에 어
떤 꽃을 얹어놓아도 한동안 움직이지 않고 사진 찍을 시간을 주
곤 했다. 덕분에 나는 오디에게 벚꽃이며 복사꽃, 민들레, 산목
련과 능소화, 코스모스, 벌개미취 등 제철에 맞춰 다양한 꽃장
식을 선보였다. 당연히 꽃 종류만큼이나 많은 사진도 찍을 수 있
었다.

　다래나무집의 첫 고양이이자 냥독대의 문을 연 최초의 고양
이. 오디를 마지막으로 본 건 지난해 12월 중순이었다. 평소 같았
으면 버선발로 마중나왔을 녀석이 보이지 않아 주변을 살피니,
녀석은 텃밭 하우스에 모로 누워 색색 숨을 고르고 있었다. 내가
옆구리를 쓰다듬자 딱 한 번 고개를 들어 나를 보더니 도로 고개
를 떨구었다. 처가의 설명에 따르면 이미 맹자도 저렇게 기력 없
이 누워만 있다가 무지개다리를 건넜고, 아랫마을에서 밥 먹으
러 올라오는 길고양이 두 마리도 죽어 있었다고 한다. 아랫마을
길고양이가 원인 모를 전염병을 퍼뜨린 것으로 추정되지만, 확
신할 수는 없었다. 결국 오디는 그날 저녁 고양이별로 아주 먼 여
행을 떠났다. 열 살이었고, 크리스마스를 얼마 앞둔 어느 날이었
다. 어떤 분들은 바깥생활을 하는 고양이가 10년을 살았으니 천
수를 누린 거라고 하는데, 막상 녀석이 떠나고 나니 후회만 한가

득이다. 일주일에 한 번 다래나무집에 내려가서도 바쁘다는 핑계로 최근에는 녀석과 많은 시간을 보내지 못했다.

안녕, 오디!

다래나무집에 와줘서 고마웠어.

벚꽃이 피면 너를 기억할게.

능소화가 피어도 너를 기억할게.

잘 가.

잊지 않고 살게.

오디의 능소화 꽃장식.

이 아이는 자라서 ──────────

이렇게 됩니다.

앵두,
엄청 전투적인 공주님

앵두(2013~2021)는 오디, 살구와 함께 2013년 다래나무집으로 왔다. 꼬물이 때부터 내가 분유를 먹여 키운 탓인지, 앵두는 아깽이 시절 사람을 가리지 않고 잘 따르는 편이었다. 한번은 다래나무집에 전기 검침원이 왔는데, 자꾸 가는 곳마다 따라다녀 검침원을 적잖이 곤혹스럽게 만들었다. 하지만 자라면서 녀석은 점점 사람에게 거리를 두고 성격도 새침데기에 살짝 도도한 공주로 바뀌었다. 더욱이 새끼를 낳고 양육자가 되어서는 더없이 용감한 사냥꾼이자 극성 엄마로 변모했다.

한 가지 변하지 않은 게 있다면 나를 대하는 방식이었다. 주말마다 내가 다래나무집에 내려갈 때면 어김없이 녀석은 가장 먼저 달려와 열렬하게 나를 반겨주었다. 앵두의 마중을 신호로 여기저기 흩어져 있던 고양이들도 뒤늦게 현관으로 몰려와 환영 인사를 건네곤 했다. 고양이 무리의 대장은 따로 있었지만, 나를 믿고 따르는 고양이 1번은 언제나 앵두였다. 매일같이 사료를 주며 보살피는 당사자인 장인어른은 이런 장면을 볼 때마다 "모시고 사는 며느리보다 어쩌다 한번 와서 용돈이나 던져주고 가는 며느리를 더 이뻐하는 시어미 같다"며 섭섭함을 토로했다. 내가 바로 간식이나 던져주고 가는 며느리인 셈이었다.

집배원 아저씨가 오늘은 편지 대신 고양이를 놓고 간 모양입니다.

희한하게도 앵두는 캔은 입에도 안 대고 사료 아니면 오로지 닭가슴살만 먹는 식성을 가졌다. 해서 나는 고양이들에게 캔을 나눠줄 때도 꼭 앵두를 따로 불러 닭가슴살을 챙겨주곤 했다. "사료가 없다고? 닭가슴살을 먹으면 되지!" 앵두의 별명이 앵두아네트인 것도 그 때문이었다. 하지만 녀석은 조신하게 앉아서 수나 놓는 그런 공주와는 거리가 멀었다. 사냥감 앞에서는 누구보다 빠르고 정확하게 목표물을 낚아채는 최고의 사냥꾼이었다. 특히 첫 출산을 한 뒤 녀석은 아깽이들을 데리고 다니며 밭둑이나 길섶의 쥐구멍이란 쥐구멍은 다 뒤져 사냥 시범을 보이곤 했다. 엄마를 따라 아깽이들도 얼마나 맹연습을 했던지, 장독대 둔덕의 쥐구멍 하나는 하도 앞발을 집어넣어 주변이 온통 반들반들할 지경이었다.

뿐만 아니라 앵두는 밭작물을 망치는 주범인 두더지도 여러 마리 잡아서 밭둑에 던져놓았고, 한번은 배나무 아래 커다란 뱀을 잡아다놓아 식구들이 식겁한 적도 있다. 쥐와 두더지가 사라져 가장 기뻐한 것은 장인어른이었다. 해마다 쥐 때문에 땅콩 농사를 망쳤는데, 앵두의 활약으로 땅콩 풍년이 되었다며 좋아하셨다. 반면 장모님은 고양이가 오고 나서 장독대 주변에 뱀이 사라졌다며 흡족해하셨다. 굳이 사냥하지 않아도 고양이는 그냥 있는 것만으로 뱀의 접근을 막는 역할을 한다. 그러나 앵두는 언제나 가만있는 것만으로는 성에 차지 않는 성격이었다. 그야말

새침한 공주이자 억척스러운 엄마이며 모범적인 안방마님이었던 앵두.

로 엄청 전투적인 공주님이라고나 할까.

앵두가 첫 출산 후 한창 육아를 하고 있을 때였다. 이틀간 마을 회관 앞에서 울고 있던(혹시 어미가 나타나지 않을까 1박 2일을 지켜보았다) 젖소냥이 새끼를 구조해 다래나무집 앵두에게 맡겼는데, 말없이 녀석은 자기 새끼인 양 낯선 고양이에게 젖을 물렸다. 이후에도 앵두는 새로 온 아갱이(앙고)에게 편견 없이 사냥 연습을 시키고, 나무 타기를 가르쳤다. 모르는 사람이 봤으면 그냥 앵두의 자식으로 여겼을 게 분명할 정도였다. 앵두의 품에서 자란 탓인지 이 신참 고양이는 다 자란 뒤에도 앵두를 친엄마처럼 따랐다.

모든 고양이의 모범이 되는 안방마님 앵두의 '라이프스타일'은 중성화수술 이후 완전히 바뀌었다. 주로 여름에는 현관 앞에, 겨울이면 보일러실 온수 파이프 위에서 오랜 시간을 보내던 앵두는 중성화 이후 바깥을 떠도는 시간이 부쩍 많아졌다. 한번은 장인어른과 장모님이 산책을 하다가 집에서 몇 킬로미터나 떨어진 과수원에서 앵두를 만난 적도 있다고 한다. 물론 그렇게 바깥을 떠돌다가도 녀석은 어김없이 저녁이면 집으로 돌아왔고, 주말이면 용케 내가 내려오는 걸 알고 외출을 삼갔다. 그러던 어느 겨울이었다. 장모님께서 며칠이나 앵두가 보이지 않아 걱정이라며 연락을 주셨다.

복숭아나무 아래서 꽃 떨어지기를 기다린다.

주말이 되어 부랴부랴 다래나무집에 내려갔지만, 앵두는 보이지 않았다. 집 안팎을 돌아다니며 이름을 불러보아도 소용이 없었다. 이튿날 아침 일어나자마자 뿌옇게 김이 서린 거실창 너머를 기웃거리는데, 냥독대 아래 앵두가 앉아 있었다. 반가운 마음에 녀석이 좋아하는 닭가슴살을 챙겨 밖으로 뛰쳐나갔다. 앵두가 기어들어가는 야옹 소리로 알은체를 했다. 얼마나 굶었는지 비쩍 말라 있었고, 눈곱이 흘러내린 몰골은 말이 아니었다. 한눈에 보기에도 많이 아파 보였다. 나는 우선 배고픔이나 달래라고 닭가슴살을 잘게 찢어 녀석에게 내밀었다. 하지만 녀석은 그 좋아하는 음식도 외면한 채 눈만 겨우 깜박거렸다.

　아무래도 이대로 두면 안 될 것 같아서 나는 미리 챙겨온 이동장을 가지러 집안으로 들어갔다. "앵두가 왔어요. 일단 집으로 데려갔다가 내일 동물병원에라도 가봐야겠어요." 하지만 이동장을 가지고 나와보니 녀석은 다시 사라지고 없었다. 집 주변 구석구석을 샅샅이 뒤져보아도 녀석의 모습은 보이지 않았다. 다시 오지 않을까 저녁까지 기다려봤지만 앵두는 결국 나타나지 않았다. 그게 마지막이었다. 아무래도 앵두는 나한테 마지막 인사를 하러 온 모양이었다. 2021년 겨울이었고, 앵두가 아홉 살 되던 해였다.

　　　　"아무것도 안 하고 싶다." 앵두가 앵두나무 위에서…

살구

이 아이는 자라서

———— 이렇게 됩니다.

살구,
화려한 점프기술

오디, 앵두와 형제인 살구(2013~2015 영역 떠남)는 어릴 때부터 순하고 정 많은 고양이였다. 장난꾸러기 오디와 공주님 앵두에게 늘 당하면서도 무던히 그들의 장난을 받아주었다. 하지만 먹는 것 앞에서는 절대 양보하는 법이 없었다. 젖먹이 시절 분유를 타고 있으면 가장 먼저 달려와 내 바짓가랑이를 타고 올라오던 녀석도 살구였다. 혼자서도 양손으로 젖병을 들고 야무지게 분유를 마시던 고양이.

살구는 다래나무집에 가서도 주인장이 가는 곳이면 어디든 따라다녔다. 오이밭에 갈 때도, 배추밭에 갈 때도 거의 강아지처럼 졸졸 뒤따랐다. 땅콩을 캐거나 고구마를 수확할 때면 함께 땅을 파면서 힘을 보탰다. 뭐 굳이 고양이 손을 빌리고 싶지 않아도 녀

양손으로 분유병을 잡고 야무지게 분유를 마시던 살구.

석이 자청해서 손을 빌려주곤 했다. 고양이에게 직업이 있다면
살구는 농부가 가장 잘 어울렸을 것이다. 한번은 이른 아침 녀석
이 보이지 않아 찾아봤더니 아무도 없는 배추밭에서 "아이구, 잘
자랐네. 이건 고라니가 뜯어먹은 것 같은데……" 하면서 김장 배
추를 살피고 있었다. 안개마저 자욱해서 제법 분위기 있는 농부
처럼 보였다.

살구는 다래나무집에서 가장 부지런한 농부였다.

살구는 밥을 먹고 나면 오디와 함께 제법 요란한 우다다를 즐겼는데, 냥독대에서 텃밭까지 냥사인 볼트처럼 내달리는가 하면 다람쥐처럼 가볍게 자작나무를 오르내리곤 했다. 주로 들썩이는 엉덩이를 주체하지 못하는 오디가 먼저 시합을 부추기는 편이었고, 살구는 그저 장단을 맞춰주는 정도였다. 하지만 막상 경연이 시작되면 열정적인 자세와 화려한 춤사위로 무대를 찢고 내려오는 건 살구였다. 점프 높이는 언제나 오디가 한 수 위였지만, 기술점수에서는 살구가 우위였다. 살구로 말할 것 같으면, 구름판도 없이 뛰어올라 공중 2회전 정도는 기본이었다.

살구는 다래나무집 식구들이 가는 곳이면 어디든 따라다녔다.

놀이 단짝이던 살구와 오디의 관계가 틀어진 건 녀석들이 다래나무집에 왔던 이듬해 봄부터였다. 이른바 첫 발정이 시작되면서 오디는 툭하면 살구를 못살게 굴었다. 고양이 세계란 참 알 수 없는 것이 종족번식과 권력 앞에서는 형제간의 우애도 소용없었다. 부랴부랴 공격성이 심한 오디를 먼저 포획해 중성화수술을 시켰지만, 둘의 사이는 나아질 기미가 보이지 않았다. 오디의 눈치만 살피던 살구는 찬바람이 불기 시작하자 집에서 50미터 이상 떨어진 텃밭 비닐하우스로 거처를 옮겼다. 사실상 오디에게 쫓겨난 셈이었다. 그나마 다행인 건 어쩌다 살구가 집에 들러 밥을 먹을 때는 오디도 모른 척 눈을 감아주었다.

정작 살구가 비닐하우스 거처도 버리고 아예 영역을 떠난 건 다른 이유 때문이었다. 녀석이 세 살 되던 해 봄, 다래나무집 고양이에 대한 대대적인 TNR(중성화수술 후 제자리 방사)이 있었는데(당시 여덟 마리 포획), 살구는 포획을 피해 어디론가 몸을 숨겼다. 처음에는 자신만의 방공호에 들어가 잠시 전쟁을 피하는 거겠지 했지만 그게 마지막이었다. 살구를 포획하기 위해 비닐하우스에 설치한 포획틀을 보고 녀석이 떠나기로 마음먹은 게 분명했다.

사실 이런 이별은 불가피하게 찾아오곤 한다. TNR이란 게 인간과 고양이, 고양이들끼리 사이좋게 살기 위한 노력이지만, 몇몇 고양이는 그런 의도도 몰라주고 혼자 먼길을 떠난다. 아깽이

이런 걸 묘기猫技라 함.

오래오래 고양이를 품에 안을 수 있는 확실한 방법이 있다.
끈 달린 모자만 있으면 된다.

시절 죽을 고비에서 오디, 앵두와 함께 구조되었지만, 가장 먼저
살구가 다른 길을 택했다. 가는 길이 달라서 마음도 아프고, 다리
도 아팠겠다.

민들레꽃만 있으면 청순고양이로 변신할 수 있다.

이 아이는 자라서 ————

이렇게 됩니다.

앙고,
다래나무집 고양이들의 수호신

어느 봄이었다. 저녁에 산책을 가려고 길을 나서는데, 마을회관 앞에서 아깽이 우는 소리가 들렸다. 마을회관에 이르러 주변을 살피자 아깽이 한 마리가 구세주라도 만났다는 듯 내 앞길을 가로막았다. 회관 앞집 아주머니 말에 따르면 지난밤부터 울던 녀석이란다. 녀석은 앉아 있는 나의 무릎을 타고 올라오더니 어느새 가슴팍까지 올라와 착 안겼다. 조막만한 젖소냥이었다. 집에 있는 다섯 마리 고양이들이 싫어하겠지만, 일단 집에 데려가는 수밖에 도리가 없었다.

집에서 보살피다 어느 정도 자라면 입양을 보낼 생각이었다. 그런데 이번에도 처가인 다래나무집에서 먼저 손을 내밀었다. 마침 다래나무집에는 앵두가 새끼를 낳아 육아중이었는데, 혹시라도 받아준다면 한시름 놓을 것 같았다. 일주일 후 이 녀석을 데리고 내려가 앵두가 육아중인 창고에 내려놓았다. 그런데 앵두와 앵두네 새끼들은 처음 보는 녀석인데도 전혀 경계심을 보이지 않았다. 다만 낯선 곳에 떨어진 젖소냥 혼자만 꿔다 놓은 보릿자루처럼 데면데면했다.

그러나 이튿날 다시 창고에 가보니 젖소냥이는 마치 여기서 태어난 듯 새끼들과 어울렸고, 앵두도 천연덕스럽게 자기가 낳은 자식인 양 젖을 물리고 있었다. 밤새 무슨 일이 있었는지 젖소냥이는 배가 부르자 앵두의 꼬리낚시에 신이 나서 폴짝거렸다. 아, 정말 넉살 좋은 녀석. 이 녀석에게 다섯 살 된 아들은 곧바로 '앙고'(2014~현재)라는 이름을 지어주었고, 서로 통성명도 없이 친구가 되었다.

앙고는 아들이 가는 곳이면 어디든 따라다녔다. 산책하거나 소꿉놀이할 때도, 심지어 물놀이할 때조차 녀석은 아들 옆에서 앙냥냥 말참견을 보탰다. 녀석이 아들을 그림자처럼 따라다니다보니 아들 또한 다래나무집의 많은 고양이 중에 유일하게 앙고를 '내 친구'라 불렀다. 사실 어려서부터 다래나무집에서 자란 아들은 산중의 자연과 장독대가 유치원이고 놀이터였다. 이곳의 고양이들도 어린 아들을 '인간 아껭이' 정도로 여겼다. 아들이 일곱 살이 되어 인원이 여섯 명인 병설유치원에 다니게 되면서 아들에겐 처음으로 고양이가 아닌 인간 친구들이 생겼다. 그

아들이 어렸을 때 친구가 되어준 앙고. '앙고'라는 이름도 아들이 지어주었다.

래도 아들이 유치원에서 돌아올 시간이면 어김없이 고양이들은
현관 앞에 도열했고, 언제나 맨 앞에 앙고가 있었다.

앙고는 앵두 품에서 자라고 오디를 롤모델로 여기며 산중생활
을 시작했지만, 수컷 고양이들의 권력다툼은 냉정했다. 녀석은
이곳에 온 지 1년 반이 지나면서 2년간 대장고양이 노릇을 하던

벚꽃이 한창일 무렵, 냥독대엔 고양이가 제철입니다.

오디를 끌어내리고 권력을 장악했다. 이 무렵 다래나무집 윗집에도 쥐잡이를 위해 고양이를 키우고 있었는데, 이른바 녀석은 적수가 없다는 '만두귀' 고양이(처가에서는 '빈대떡'이라 불렀다)였다. 윗집에서는 그냥 국물에 식은 밥이나 말아주었는지, 녀석은 툭하면 다래나무집에 와서 밥을 먹었다. 곱게 밥만 먹고 가면 괜찮은데, 눈앞에 보이는 모든 고양이를 괴롭히고 물어뜯었다.

다래나무집에 이 녀석이 나타나기라도 하면 무슨 공습경보라도 울린 듯 모든 고양이가 방공호로 숨었다.

유일하게 녀석과 맞서는 고양이가 있었으니, 바로 앙고였다. 덩치만 보면 앙고는 만두귀의 적수가 아니었으나 투지만은 산중호걸이었다. 게다가 앙고에겐 오디라는 든든한 지원군이 있었다. 한번은 텃밭에서 고양이 싸우는 소리가 들려 내려가보니 앙고와 만두귀가 뒤엉켜 싸우고 있었는데, 오디도 그 옆에서 힘을 보태고 있었다. 결국 두 녀석의 의기투합으로 만두귀는 줄행랑을 쳤다. 다래나무집 고양이들에게 앙고는 수호신이나 다름없었다. 만두귀가 내려와 아이들을 괴롭히고 있으면 어느새 앙고가 나타나 만두귀를 쫓아냈다.

앙고와 만두귀의 전쟁은 무려 7년이나 이어졌다. 앙고는 대장에 오른 이후 줄곧 만두귀를 물리치며 존재감을 드러냈다. 그러다보니 녀석의 허세와 위엄도 갈수록 커졌다. 녀석은 엄청난 폭설에도 냥독대에 홀로 앉아 오는 눈을 맞으며 '으 시원타' 하면서 허세를 부리기 일쑤였다. 하지만 앙고가 아홉 살이던 2022년 겨울부터 녀석의 위세가 한풀 꺾였다. 아무래도 만두귀가 앙고를 물리치고 대장으로 등극한 게 분명했다. 만두귀 녀석은 거의 매일같이 다래나무집에 와서 밥을 먹는 반면, 앙고는 최근 며칠에 한 번씩 들러 서둘러 밥을 먹고 떠나곤 한다. 앙고의 나이 올해 열 살이니 사람 나이로 환산하면 50대 후반으로 접어들었다.

허세 가득한 대장고양이 앙고는 폭설이 내려도
냥독대에 올라 오는 눈을 다 맞곤 한다.

비록 녀석이 이 빠진 호랑이가 되었을지언정 오래오래 다래나 무집에 머물렀으면 좋겠다.

고양이로 인해 단풍나무는 더욱 빛난다.

이 아이는 자라서 ─────

이렇게 됩니다.

미리,
선택적 겁쟁이

미리(2014~2016 영역 떠남)는 앵두가 첫 출산한 아깽이 중 한 마리였다. 남매인 귀리, 보리와 함께 곡식 이름을 따 '밀'이었는데, 부르기 쉽게 '미리'가 되었다. 세 마리 아깽이 중 유일하게 암컷인 미리는 어린 시절 그야말로 초미묘 아깽이였다. 녀석이 사뿐사뿐 걸음을 옮길 때마다 후광이 비쳤고, 걸어간 만큼 지구가 부풀었다. 녀석은 주로 엄마인 앵두가 가는 곳이면 어디든 따라다녔고, 엄마 앞에선 누구보다 용감한 고양이였다. 하지만 엄마 없이 혼자 남겨졌을 땐 누구보다 경계심이 많은 '선택적' 겁쟁이였다. 이를테면 엄마 앞에서 나무를 타거나 쥐 사냥을 할 때면 누구보다 씩씩하고 적극적이다가도 인간이나 낯선 존재의 출현에 대해선 늘 경계심이 발동하며 구석으로 숨어버리는 것이다.

엄마만 옆에 있으면 난 두려울 게 없었다.

　특히 미리는 냥독대 앞에 있는 세 그루 자작나무에 오르는 걸
좋아했다. 이곳의 자작나무는 거의 녀석의 전용 캣타워에 가까
웠다. 어느 가을날 녀석이 노랗게 물들어가는 자작나무에 올라
한참이나 단풍 구경을 했는데, 그 모습이 아직도 기억에 남아

있다. 저녁 무렵이었고 녀석은 바람이 불 때마다 은전銀錢처럼 반짝이는 자작나무 잎들을 가만히 바라보고 있었다. 그 모습에 취해 연신 셔터를 누르던 나도 한동안 먹먹하게 바라보기만 했던……

녀석은 보리와 자주 어울렸다. 함께 주목朱木에 올라 숨바꼭질도 즐기고, 보리가 나뭇가지를 낚싯대처럼 흔들면 기꺼이 낚여주곤 했다. 인간에 대한 녀석의 경계심은 성묘가 되어서도 이어졌는데, 다른 고양이에 비해 언제나 촬영에 비협조적이었다. 가령 카메라를 들고 녀석에게 초점을 맞출라치면 어느새 사라지고 없었다. 현관 앞에 줄곧 앉아 있다가도 안에서 누군가 문을 열고 나오면 꽁지가 빠져라 달아나버렸다.

미리는 태어난 이듬해 출산을 했다. 엄마를 닮아서일까. 미리네 아깽이들은 인간의 발소리에 혼비백산 숨어버리곤 했다. 엄마 따라쟁이 아깽이가 어느새 아깽이를 거느린 엄마가 된 것이다. 묘생도 인생과 별반 다르지 않다. 어릴 때 가장 크고 막강한 존재였던 엄마가 그저 작고 가냘픈 존재라는 것을 알게 될 때쯤 성묘가 되는 것이다.

미리네 아깽이들이 어느 정도 자란 그해 가을 다래나무집에선 2차 TNR을 실시했는데, 미리는 포획이 진행된 3주간 급식소 근처에 코빼기도 보이지 않았다. 영리한 건지, 겁이 많은 건지 알

미리의 전용 캣타워, 자작나무.

수 없지만, 녀석은 TNR이 다 끝난 뒤에야 모습을 드러냈다. 그리고 이듬해 봄 3차 TNR 시기에 녀석은 아예 자취를 감추었다. 미리가 세 살 되던 해였다.

엄마만 따라다니던 미리가 어느새 아이를 거느린 엄마가 되었다.

이 아이는 자라서 ──────────

————————————— 이렇게 됩니다.

보리,
놀 줄 아는 몽상가

고양이는 가끔 이해할 수 없는 이상한 행동을 하는데, 자신들조차 왜 그러는지 모를 때가 대부분이다.

보리(2014~2018 영역 떠남)는 좀 엉뚱한 고양이다. 어려서부터 낚시놀이, 술래잡기, 나무 타기 등 놀이라면 뭐든지 좋아했는데, 다 자란 뒤에도 녀석은 아깽이들과 함께 놀았다. 보통 성묘가되면 놀이에 시큰둥해지게 마련이지만 녀석은 언제나 아깽이보다 더 신나게 날뛰곤 했다. 평소에도 녀석은 또래 고양이보다는한참 어린 고양이들과 어울렸다. 수컷임에도 자주 '보모'처럼 아깽이들과 시간을 보냈다. 실제로 보리에게 아이들을 맡기고 외출하는 엄마도 있을 정도였다.

　생각해보면 보리는 '보모'라기보다 오락부장 역할에 더 가까웠다. 녀석은 순전히 '놀기 위해' 아깽이들과 어울렸는지도 모른다. 녀석에게 성묘의 세계는 눈치와 경쟁만 있고, 재미와 호기심은 없는 세계였을지도. 녀석은 특히 싸우는 걸 싫어했다. 누군가 시비를 걸면 지레 꼬리를 내리곤 했다. 아예 싸울 일을 만들지도 않았고, 이른바 어른들의 싸움은 할 줄도 몰랐다. 이래도 좋고, 저래도 좋고, 좋은 게 좋은 거라는 생각을 지니고 사는 고양이가 보리였다. 인간의 관점에서 보면 보리는 '동네 바보형'이라 불릴 만큼 착했다.

　보리의 착함은 타고난 것인지도 모르겠다. 녀석이 태어난 지 4~5개월쯤 되었을 때다. 주말마다 다래나무집에 내려가면 나는 무슨 일과처럼 고양이들과 낚시놀이를 즐기곤 했다. 한번은 낚싯줄이 끊어지는 바람에 한 주를 건너뛴 적이 있었는데, 다음주

"내 장풍을 받아랏!"

정말 믿을 수 없는 광경이 펼쳐졌다. 즈이들끼리 나뭇가지를 잡아당기거나 들었다 놨다 하면서 셀프 낚시놀이를 하는 게 아닌가. 가만 보니 낚싯대를 잡고 흔드는 역할은 주로 보리가 담당했다. 보리가 낚싯대를 흔들면 두세 마리 고양이들이 미끼도 없는 낚싯대를 이리저리 따라다녔다. 그동안 맨날 이리 뛰고 저리 뛰며 낚시놀이를 즐기던 녀석이 '냥태공'이 되어 낚싯대를 드리우고 있었던 거다. 녀석이 착해서 그런 건지 아니면 워낙에 놀이에 진심이라 그런 건지는 알 수가 없다. 과거 『인간은 바쁘니까 고양이가 알아서 할게』란 책의 제목도 사실은 이 장면에서 비롯된 것이다.

사실 노는 게 제일 좋은 보리지만, 녀석이 항상 놀이와 유흥에 빠져 있는 건 아니다. 놀이와 오락의 시간이 지나면 오히려 녀석은 혼자 무리에서 벗어나 멍하니 앉아 있거나 몽상을 즐겼다. 확실히 명상보다는 몽상에 가까웠다. 격렬하게 놀고 나서는 격렬하게 아무것도 하지 않았다. 한번은 노랗게 물든 은행나무를 지척에 두고 녀석이 경운기 아래 앉아 있었다. 바람이 불 때마다 노란 은행잎이 우수수 지는데, 녀석의 시선은 딱히 은행나무에 두지도 않았다. 그저 시선 둘 곳 없이 몇 시간이고 그렇게 앉아만 있었다. 식사시간이 되어도 녀석은 밥맛이 없다는 듯 먼 하늘만 보다가 남들이 다 먹고 나서야 혼밥을 즐겼다. 해서 다래나무집

꼬물이 시절의 보리.

에서는 녀석을 보리라는 이름보다 '멍 선생'이라 부를 때가 더
많았다.

보리가 다래나무집을 떠난 건 다섯 살 무렵이다. 일찌감치 중
성화수술도 받았고, 특별히 누구와 시비가 붙은 적도 없는데, 어
느 날 갑자기 녀석이 사라졌다. "요즘 멍 선생이 안 보이네." 그
렇게 장인어른이 말하고 나서야 나는 나 대신 낚싯대를 흔들어
줄 고양이가 사라졌다는 사실에 멍하니 하늘만 바라보았다.

인간은 바쁘니까 우리가 알아서 놀게.

이 아이는 자라서 ————————————

이렇게 됩니다.

새콤이,
방앗간에서 온 귀요미

다래나무집의 첫 고양이 가족은 길에서 구조해온 오디, 앵두, 살구였다. 이듬해 엄마를 잃고 울고 있던 앙고가 가족의 일원이 되었고, 오디가 산에서 냥줍한 삼순이까지 합류했다. 여기에다 어느 날 장인어른이 덜컥 새끼 노랑이 네 마리를 구조해 왔다. 사연인즉 이러했다. 장인어른께서 쌀을 사러 아랫동네 방앗간에 갔는데, 쥐잡이로 들였던 고양이가 봄에 네 마리의 새끼를 낳았다고 한다. 이에 방앗간 주인이 쥐잡이 고양이는 한 마리로 충분하니 새로 태어난 새끼들은 내다버리겠다 말했다는 것이다. 다행히 젖먹이 시기는 지난 아이들이었지만, 버려지면 생존이 어려운 상황이었다고. 보다 못한 장인어른이 덥석 "그럼 내가 데려가겠소!" 이렇게 된 거였다.

　　다래나무집에 온 노랑이들은 보름 넘게 창고에서 적응기간을
거친 뒤 바깥생활을 시작했다. 그런데 앙고가 왔을 때 제 새끼처
럼 젖을 물렸던 앵두의 반응이 이번에는 사뭇 달랐다. 젖을 먹이
거나 품에 안을 생각이 전혀 없어 보였다. 이때 노랑이들이 엄마
처럼 여기며 따르는 존재가 있었으니, 바로 중성화수술로 땅콩
이 없는 오디였다. 노랑이들은 다래나무집에 온 뒤로 줄곧 오디
를 따라다녔고, 오디가 눕기라도 하면 기다렸다는 듯 달려들어
빈 젖을 빨았다. 아마도 녀석들의 어미가 오디를 닮은 고등어가
아니었을까 추정된다.

　　새콤이(2014~2015 영역 떠남)는 함께 온 노랑이 중에 가장 몸

함께 걸어요, 우리.

집이 작고 약해 보이는 고양이였다. 하지만 적응력은 누구보다 빨라서 밥 주는 인간에게 가장 먼저 접근해 발라당을 하고 눈도장을 찍었다. 여기서 살아남기 위한 녀석만의 전략이었을까. 낚시놀이를 할 때에도 녀석은 마치 다래나무집에서 태어난 것처럼 다른 고양이들과 스스럼없이 어울렸다. 사교성도 좋은데다 명랑하고 활발한 성격 탓에 녀석은 종종 이곳에 먼저 온 앙고로부터 질투의 대상이 되곤 했다. 앙고가 '이 구역의 귀요미는 나 하나로 족해!'를 외치며 경고와 주먹을 날린 적이 한두 번이 아니었다.

방앗간 고양이들은 함께 밥을 먹고 놀다가도 잠자는 시간이 되면 꼭 무리에서 뚝 떨어져 즈이들끼리만 뭉쳐서 자곤 했다. 아무래도 객이라는 생각에 마음이 늘 불편했을 것이고, 잠이라도 편히 자보자는 생각이었을 것이다. 새콤이의 전매특허는 직립 자세다. 다래나무집에서 직립자세로 유명한 고양이는 자몽, 몰라, 삼장, 달콤이 등 여럿이 있으나, 자세의 안정성에선 누구도 새콤이를 따라올 수가 없었다. 녀석이 뒷발을 바닥에 착 붙이고 일어서 자유롭게 앞발을 휘젓는 모습은 거의 마트에서 카트를 밀어도 되는 수준이었다.

사실 방앗간 고양이들은 생후 2~3개월쯤 이곳에 와서 생각보

"정말이야! 캔이 이만큼 있었다니까."

다 수월하게 이곳 생활에 적응했다. 하지만 녀석들 마음 한구석
에선 다른 생각이 있었던 모양이다. 이듬해 봄 두 마리가 갑자기
영역을 떠나더니 장마철이 지나자 새콤이마저 영역을 떠나고
말았다. 방앗간 고양이 중에선 달콤이만 덩그마니 이곳에 남겨
졌다.

"캔 하나 주면 안 잡아먹지!"

"아, 몰라. 오늘은 묘치원 안 갈래!"

이 아이는 자라서 ————————————————

—————— 이렇게 됩니다.

달콤이,
독보적인 허당미와 엉뚱미

　　방앗간에서 구조해온 네 마리 고양이는 다래나무집에서 1년간 잘 먹고 잘살았다. 여기서 지내는 동안 살도 포동포동 쪘고 건강해졌다. 하지만 1년이 지나면서 녀석들이 하나둘 영역을 떠나더니 결국 달콤이(2014~2022)만 남았다. 달콤이는 형제인 새콤이와 여러 면에서 달랐다. 새콤이가 능동적이고 발랄하게 이곳 생활에 적응한 반면 달콤이는 좀 굼뜨고 엉뚱한 면이 있었다. 눈치가 빠른 새콤이에 비해 달콤이는 눈치는커녕 염치(체면을 차리거나 부끄러움을 아는 마음)도 없었다. 고양이에게 '염치없다'는 말은 나쁜 말이 아니다. 인간과 고양이가 공존하는 세계에서 살아남으려면 사실 염치가 없어야 한다. 체면과 격식은 인간의 덕목일 뿐 고양이의 덕목이 아니다. 어쩌면 그런 면이 달콤이가

　　　　　　　　　　그렇게 냥반자세로 앉아 있으면 귀엽잖아요.

다래나무집에 오래 남게 된 비결일지도 모르겠다.

　어쨌든 그렇게 눌러앉은 달콤이는 다래나무집에서 가장 비대한 고양이로 성장했다. 보통 고양이는 날씨가 추워지면 겨울나기 준비를 위해 털과 살을 찌우기 마련인데, 달콤이는 한여름에도 늘 산山만한 덩치를 자랑했다. 풍만한 몸매를 유지하는 녀석의 비결은 역시 많이 먹고 적게 움직이는 것(?). 다래나무집에서는 아침과 저녁 하루에 두 번 사료를 내놓는데, 언제나 가장 늦게까지 밥상 앞에 앉아 있는 녀석이 달콤이였다. 다른 녀석들이 식사가 끝나면 뿔뿔이 흩어져 산책을 하거나 취미생활을 즐기는 반면 달콤이는 현관 앞에 누워 졸거나 몸단장을 했다. 그런데 이 녀석 그루밍을 하는 자세가 남달랐다. 누워서 혀가 닿는 곳만 겨우겨우 그루밍을 하는 거였다. 더러 녀석이 뱃살 그루밍을 하려고 안간힘을 써보지만 혀가 뱃살에 닿기도 전에 나동그라지기 일쑤였다.

　사실 달콤이는 다래나무집 최고의 '개그묘'라 할 수 있다. 그루밍을 하는 것만으로 웃음을 선사하고, 냥독대에 오를 땐 꼭 한 번씩 '슬랩스틱'을 선보였다. 그런데 정작 본인은 웃기려는 의도가 전혀 없어 보였다. 가장 압권은 점프 실력이었다. 한번은 빨랫줄에 고양이 낚싯대를 매달아놓은 적이 있는데, 앙고와 몰라를 비롯한 여러 고양이가 번갈아 점프 실력을 뽐냈다. 대부분의 고양

다래나무집에 노랑펭귄이
활보하고 있다고 합니다.

"내가 지금 못 일어나서 안 일어나는 거 아니다."

이가 2미터 높이에 걸어놓은 낚싯대 미끼를 가볍게 터치하곤 했다. 드디어 달콤이의 차례. 녀석은 젖 먹던 힘까지 다해 땅을 박차고 날아올랐다. 하지만 녀석의 점프는 고작 한 뼘 정도였고, 착지할 때의 소리는 가장 요란했다. 그래도 최선을 다해 대충 뛴 녀석에게 나는 아낌없는 박수를 보냈다.

녀석은 그냥 서 있는 자세만으로도 웃음을 선사했다. 녀석의 직립자세는 뱃살이 불룩하니 항아리 몸매가 따로 없었다. 그러나 녀석의 진정한 웃음 포인트는 언제나 진지하다는 거였다. 낚시놀이를 할 때도 매번 동작이 굼떠 허탕을 쳐도 예의 그 진지함만은 잃지 않았다. 늘 기대를 저버리지 않는 허당미와 엉뚱미 덕에 녀석은 내게 둘도 없는 사진 모델이 되어주었다. 어쩌면 이 또한 녀석의 생존전략이었을까. 다래나무집 고양이 누구도 녀석을 경쟁상대로 여기지 않았으니 말이다. 반대로 다래나무집 고양이 누구도 녀석의 경쟁상대가 되지 못했는지도. 방앗간 고양이 중에 유일하게 다래나무집에 남은 고양이. 녀석은 이곳에서 8년을 살았고, 아홉 살이 되던 해 겨울 고양이별로 떠났다. 우리가 녀석에게 사료를 준 것 이상으로 녀석은 우리에게 웃음을 주고 떠났다.

"지금은 너무 졸린데, 사진은 다음에 찍으면 안 될까요?"

이 아이는 자라서 ───

이렇게 됩니다.

몰라,
이 구역 귀여움 담당

"네 이름이 뭐니?"

"몰라요."

"모른다고?"

"응, 몰라. 아무것도 몰라!"

몰라(2014~2022)는 흰 바탕에 꼬리 무늬와 점으로 된 등 무늬가 있어 가끔 꼬리를 말아올리면 물음표(?)처럼 보인다. 그래서 몰라라는 이름이 되……기는 무슨, 아내에게 이 녀석 이름은 뭘로 할까, 물었더니 해맑게 '몰라'라고 해서 몰라가 되었다. 하긴 아무것도 모른다는 저 표정을 보면 몰라라는 이름이 딱이다.

"다래나무집에서 귀여움을 담당하고 있습니다."

　몰라는 다래나무집에서 귀여움을 담당하고 있다. 어려서부터 다른 고양이에 비해 체구가 작고 행동이 반박자씩 느렸다. 밥 먹을 때도 형제들보다 꼭 한 걸음씩 늦어 뒤에서 빨리 먹으라고 재촉하곤 했는데, 그때마다 몰라만의 전매특허가 등장하곤 했다. 강아지처럼 앞발을 접어 가슴에 올린 채 직립자세를 취하는 것이다. 빨리 먹고 싶은데, 자기 순서가 안 와서 마음만 앞서는 상황에 등장하는 몰라만의 행동이다. 한번은 낚시놀이를 하다가

"역시 물맛은 항아리 물맛이 최고여!"

녀석이 이 자세를 취했는데, 놀이가 다 끝났는데도 여전히 팔을
내리지 않고 고장난 듯 한참을 서 있는 거였다. 덕분에 나는 낚싯
줄을 내려놓고도 녀석의 전매특허 자세를 여러 장 찍었더랬다.

　체구가 작은 탓에 녀석은 나무를 탈 때도 늘 가장 높은 곳까지
올라가곤 했다. 보통 고양이들은 나무를 오를 때보다 내려오는

"내 순서는 언제 오냐옹? 배고프다옹!" 대기표 뽑고 밥 순서 기다리는 몰라.

걸 더 어려워하는데, 녀석은 내려오는 동작도 언제나 깃털처럼 가벼웠다. 한 가지 미스터리한 점은 녀석이 어릴 때나 나이가 들어서나 얼굴과 몸집이 크게 달라지지 않았다는 것이다. 녀석은 3~4개월령 아이들 속에 섞여 있으면 영락없이 또래로 보일 정도로 동안이었다.

몰라는 태어난 지 6개월이 지나 중성화수술을 했다. 다래나무집 1차 TNR 시기에 다른 일곱 마리 고양이와 함께 수술을 했는데, 당시 수의사가 귀 커팅을 하지 않는 실수를 범했다. 몰라의 귀가 멀쩡한 것도 그 때문이다. 그해 가을 2차 TNR을 실시할 때였다. 포획틀에 떡하니 몰라가 들어가 미끼로 놓아둔 캔을 먹고 있는 거였다. 녀석을 풀어주고 잠시 후 포획틀을 살펴보니 또 몰라가 들어가 태연하게 캔을 먹고 있었다. '난 수술했으니, 안 잡아가겠지.' 뭐 그런 건지 모르겠지만, 녀석은 이후에도 한 번 더 포획되는 바람에 '고의적'이라는 합리적 의심이 들었다.

나에게 유난히 귀여운 사진을 많이 제공한 몰라는 아홉 살 되던 해 겨울에 고양이별로 떠났다. 그 겨울 다래나무집에 원인을 알 수 없는 전염병이 돌았고, 오디, 맹자와 같은 날 무지개다리를 건넜다. 지금도 가끔 나는 이 녀석 사진을 꺼내보곤 하는데, 왠지 녀석이 아직도 다래나무집 마당에서 앞발을 접고 고장난 자세로 서 있을 것만 같은 묘한 기분이 든다.

몰라가 오늘은 선 채로 고장이 났나봅니다.

이 아이는 자라서 ———————————

이렇게 됩니다.

삼장,
하트 고양이

다래나무집은 골짜기에 집이 몇 채 없는 산중에 자리하고 있다. 본 마을에서도 1킬로미터 이상 떨어져 있어 그야말로 인적이 드문 적막강산이다. 이곳에 사는 고양이들은 도심의 고양이들과는 완전히 다른 공간에 산다. 하루에 차는 몇 대 다니지도 않고 인간의 소음보다 고라니와 새 소리가 더 시끄러운 곳이다. 고양이들이 자연에 파묻혀 살다보니 봄에는 온갖 꽃들을 구경하고 여름에는 녹음 속에서, 가을에는 단풍 아래 노닌다. 고양이가 아무리 눈을 싫어해도 이곳의 고양이들은 한겨울 눈밭을 떠도는 게 그냥 자연스러운 일이다. 꽝꽝 얼어붙은 연못에서 돌멩이 드리블을 하거나 미끄럼을 즐기는 고양이도 있다.

"눈이 와도 물은 마셔야 하니까요."

"잘 가, 내일 또 와! 안 오면 안 돼!"

도처에 화장실이 있고, 흔한 게 나무 캣타워이다. 목이 마를 땐 계곡에 내려가 물을 마시거나 장독대에 고인 물을 식수로 사용한다. 더울 땐 숲속에 들어가 삼림욕을 하고, 수시로 등산과 나무타기를 통해 체력을 단련한다. 이렇게 말하고 나니 다래나무집을 무슨 무릉도원처럼 표현한 것 같은데, 현실적인 위험도 곳곳에 도사리고 있다. 고양이 밀도가 높은 다래나무집에는 뱀을 거의 만날 수 없지만, 여기를 벗어나 숲으로 조금만 들어가도 흔하게 독뱀을 만날 수 있다. 제아무리 사냥 실력이 좋은 고양이라도 잔뜩 웅크리고 있던 뱀의 돌발적인 습격에는 어처구니없이 당하고 만다.

최근에는 야산에 무리지어 돌아다니는 들개도 고양이에게 위협이 되고 있다. 더러 야산에 불법으로 설치한 올무나 덫에 걸려 고통스럽게 세상을 뜨는 고양이들도 많다. 농작물에 뿌리는 유박비료의 피해도 적지 않다. 유박비료는 사료 알갱이처럼 생겼지만, 고양이가 먹으면 치명적인 것으로 알려져 있다. 가장 치명적인 건 쥐약이다. 시골에는 고양이가 밭을 파헤친다는 이유로 쥐약을 놓는 사람들이 어딜 가나 있다. 인적이 드문 산중에서도 고양이가 태어나 성묘가 되는 건 그 자체로 기적에 가까운 일이다.

삼장(2014~2022 행방불명)은 몰라와 남매지간이다. 삼장이란 이름은 아들이 지었는데, 당시 아들이 푹 빠져 있던 만화책이

『마법천자문』이었다. 삼장은 그 책에 나오는 캐릭터를 빌려온 것이다. 삼장의 등에는 어설픈 하트무늬가 그려져 있다. 어려서는 이 하트무늬가 밋밋하더니 커가면서 제법 또렷한 하트무늬로 바뀌었다. 당연히 하트의 크기도 몇 배로 부풀었다. 녀석이 어릴 때부터 나는 하트가 보이는 뒷모습을 사진에 담아보려 했지만 기회가 많지 않았다. 아깽이 때는 곧잘 내 앞에서 발라당도 하고 낚시놀이도 즐기곤 했는데, 중성화수술 이후 녀석은 사람에 대한 경계심이 무척 심해졌다.

당연히 급식소에서 밥을 먹고 나면 녀석은 집보다 뒷산 숲속에 머물곤 했다. 한번은 장모님께서 믿을 수 없는 목격담을 들려주었다. 뒤란 버섯목에 표고를 따러 가는데, 숲에 웬 고양이가 두 마리 앉아 있더라는 것이다. 자세히 보니 한 마리는 귀가 유난히 쫑긋하고 덩치가 큰 것이 고라니가 틀림없었다고. 함께 있던 고양이는 등에 까만 무늬가 있는 삼색이었다고 한다. 짐작건대 삼장일 확률이 가장 높았다. 사실 다래나무집에서는 고라니와 고양이가 나란히 앉아 있거나 함께 있는 장면이 여러 번 목격된 적이 있다. 내가 그 목격자가 아니라는 점이 아쉬울 뿐이다.

등에 하트무늬가 있음에도 경계심이 심한 탓에 삼장은 다른 고양이에 비해 이곳에서 주목을 받지 못했다. 그래도 녀석은 다래나무집에서 8년을 살았고, 아홉 살 겨울에 행방불명되었다.

"추앙하라! 하트가 있는 나를."

2022년 12월 다래나무집에 전염병이 돌았을 때 자취를 감추었는데, 아직 시신이 발견되지 않았으니 '죽음'으로 기록하고 싶지는 않다.

가끔 고라니와 함께 앉아 있더라는 목격담이 전해지는 삼장.

이 아이는 자라서 ——————

이렇게 됩니다.

자몽,
화려한 발라당 기술자

자몽이(2015~2018 영역 떠남)는 노랑이이긴 한데, 좀더 붉은 빛이 감도는 노랑이다. 어려서는 그저 호기심 많고 놀기 좋아하는 평범한 고양이였다. 하지만 성장이 유난히 빨랐던 녀석은 6개월도 안 돼 달콤이와 쌍벽을 이루는 몸무게와 뱃살을 자랑했다. 여러모로 녀석은 달콤이와 닮은 점이 많았는데, 외모와 개그 본능(주로 슬랩스틱)까지 쏙 빼닮았다. 달콤이는 일찌감치 중성화를 했으므로 유전적인 이해관계가 있을 리는 없다.

녀석은 낚시놀이를 할 때 점프 따위 거의 하지 않고, 직립자세로 이리저리 팔만 휘젓다 만다. 어쩌다 큰맘 먹고 점프를 할 때면 달콤이와 마찬가지로 한 뼘 이상 뛰지 못하고 넘어지기 일쑤다.

무심코 앉았더니 안개 낀 냥독대의 맨 앞.

넘어지면 또 원래부터 그러려고 했다는 듯 열혈 그루밍을 선보인다. 사실 녀석은 낚시놀이를 할 때마다 열심히 참가는 해보지만, 얼마 지나지 않아 '아이고 힘들어!' 하면서 드러누울 때가 대부분이다. 드러누운 김에 발라당으로 점프의 아쉬움을 대신한다.

내가 볼 때 녀석은 점프보다 발라당이 체질이다. 녀석은 다래나무집 고양이 중에 가장 화려한 발라당 기술을 보유하고 있다. 3회 연속 몸 비틀며 발라당, 만세 발라당, 10미터 전진 발라당 등 듣도 보도 못한 발라당 신기술을 자유자재로 구사한다. 몸무게 때문인지 녀석은 앉아 있는 자세도 독특하다. 여느 고양이들이 앞발을 가지런히 모으고 다소곳이 앉은 모습이라면 이 녀석은

자몽이는 점프보다 발라당이 체질.

엉덩이를 깔고 철퍼덕 주저앉아 뒷발 한쪽을 앞으로 쭉 내민 모습이다. 영락없이 앉아서 마늘 까는 할머니 자세다.

녀석은 남들이 하지 않는 독특한 행동을 아무렇지 않게 한다. 한 손으로 옆에 누운 고양이의 꼬리를 들어 킁킁 냄새를 맡거나 굳이 앞 고양이 엉덩이에 코를 박고 잠을 잔다. 두 고양이가 다정하게 마주앉아 자고 있으면 둘 사이로 파고들어가 보란듯이 그루밍도 한다. 이 녀석 성묘가 되어서도 자기가 아직도 꼬물이 시절 몸매인 줄 알고 어림도 없는 구멍을 통과하려다 뱃살이 끼어 바둥거린 적도 한두 번이 아니다. 자기 꼬리를 잡아보겠다고 한참이나 빙빙 돌다가 어지러워 풀밭에 나동그라지는 건 그냥 예

"어디서 꼬리꼬리한 냄새 나는 거 같지 않냐옹?"

사다. 그래도 그런 녀석의 개그 본능 때문에 나는 기억에 남는 사진을 많이도 찍었다.

　녀석은 다양한 직립자세 사진을 남겼다. 하늘로 두 손을 쭉 뻗은 원기옥 자세부터 마치 아침운동을 나와 팔운동을 하는 듯한 모습과 팔을 반쯤 올린 상태로 고장이 난 자세까지 녀석은 점프 이외의 모든 직립자세를 선보였다. 어려서부터 달콤이를 롤모델로 삼았던 자몽이는 정작 떠날 때는 달콤이보다 먼저 떠났다. 어느 날부턴가 몸집이 커서 눈에도 잘 띄는 녀석이 보이지 않는 거였다. 공교롭게도 외부에서 온 만두귀(빈대떡) 녀석이 다래나무집을 드나들며 수컷들을 습격하던 시점과 자몽이가 떠난 시점이 얼추 비슷했다.

"지구인들아, 나에게 힘을 줘!" 사진전과 SNS에서 많은 사랑을 받았던 '원기옥 고양이'의 주인공이 자몽이라는 사실은 거의 알려지지 않았다.

이 아이는 자라서 —————

이렇게 됩니다.

짝짝이,
1년 전과 똑같은 자세로

냥이(오디)가 냥줍한 고양이 삼순이는 TNR로 어수선한 시기에 달포 넘게 영역을 떠나 있었다. 그런데 여름이 되자 녀석이 다시 다래나무집으로 돌아왔다. 어디서 출산을 했는지 다섯 마리 아깽이를 주렁주렁 매달고 왔다. 아마도 수유기간이 어느 정도 끝나자 사료 걱정이 없는 이곳으로 자식들을 데려온 것으로 보인다. 가을이 되어 삼순이는 앵두와 함께 나란히 중성화수술을 받았는데, 찬바람이 불자 또다시 영역을 떠났다. 여름에 데려왔던 아깽이 중 네 마리도 사라진 것으로 보아 함께 영역을 떠난 것으로 보인다. 애당초 삼순이는 자신을 구해준 오디만 따랐을 뿐, 꿔다 놓은 보릿자루처럼 다래나무집 고양이와 어울리지 못했다. 삼순이네 아이들도 딱히 이곳에 대한 소속감은 없어 보였다.

　삼순이가 다래나무집에 남기고 간 유일한 아깽이가 바로 짝짝이(2015~2016 영역 떠남)다. 짝짝이 양말이 인상적이어서 짝짝이란 이름을 붙였다. 앞발은 오른쪽에 흰 양말, 왼쪽에 구멍난 양말, 뒷발은 왼쪽이 흰 양말, 오른쪽이 구멍난 양말이다. 삼순이네 아이들 중 가장 체구가 작고 앙증맞게 생긴 녀석이 바로 짝짝이다. 아마도 삼순이는 자식 중에 가장 약한 녀석을 남기고 간 것으로 보인다. 하지만 녀석 또한 삼순이를 닮아서 무리와 어울리지 못하고 늘 겉돌았다. 아깽이 때는 그래도 사람 무서운 줄 모르더니 자라면서 녀석은 사람에 대한 경계심도 부쩍 늘었다.

　짝짝이는 이곳에서 겨울을 나는 동안 살도 많이 찌고 건강해졌다. 그렇게 건강해진 몸으로 녀석은 이듬해 가을 영역을 떠났다. 그런데 녀석은 이곳에서 영역을 떠난 다른 고양이들과는 다른 구석이 있었다. 영역을 떠난 후에도 일주일에 한두 번씩은 다래나무집으로 밥을 먹으러 왔다는 것이다. 거의 2년 정도 녀석은 이곳으로 급식 원정을 다녔던 것 같다. 사실 나에게는 짝짝이에 대한 잊을 수 없는 장면이 하나 있다. 녀석은 아깽이 시절 짝짝이 양말을 앞으로 쭉 내민 채 엎드려 있곤 했는데, 1년 후 아깽이 시절과 거의 똑같은 자세로 엎드려 있는 걸 사진으로 포착한 것이다. 남들에겐 별것 아닐 수도 있는 장면이지만, 나에게는 이

냥이가 냥줍한 고양이 삼순이가 낳은 아이들. 사진 속 맨 왼쪽 아깽이가 짝짝이다.

것이 아주 많이 특별한 순간이었다.

　사실 나는 고양이의 성장 전후 사진을 찍으면서 최대한 비슷한 자세이거나 같은 배경에 있는 고양이를 찍고자 했다. 물론 고양이는 자라면서 덩치만 커지는 것이 아니라 털색이나 무늬가 진해지고, 눈색도 바뀌기 때문에 '비슷함'을 구현하기가 쉽지 않다. 그래도 같은 고양이임을 증명하기 위해서는 바뀌지 않는 특

　　　　짝짝이란 이름은 양말을 짝짝이로 신은 것 같아서 붙인 이름이다.

징들을 사진으로 온전히 담아내는 게 중요했다. 짝짝이가 바로
그 대표적인 모델이 되어주었다.

짝짝이는 영역을 떠난 뒤에도 일주일에 한두 번씩 밥을 먹으러 왔다.

이 아이는 자라서 ────────

이렇게 됩니다.

쫄보,
덩치 큰 겁쟁이

'개묘차'라는 말이 있다. 고양이마다 성격과 습관, 식성과 취향의 차이가 있다는 말이다. 까칠한 고양이가 있는가 하면 다정한 고양이도 있고, 언제나 진지하고 신중한 고양이가 있는가 하면 실수투성이에 엄벙덤벙한 고양이도 있다. 당연히 용감한 고양이가 있다면 겁쟁이 고양이도 있기 마련이다. 쫄보(2015~2022 행방불명)는 말 그대로 겁쟁이처럼 행동해서 쫄보가 되었다. 사실 쫄보도 처음부터 겁쟁이는 아니었다. 어릴 때는 사진 찍을 때 늘 맨 앞에 나와 모델을 자처하곤 했다. 낚시놀이를 할 때도 과거에는 두려움 없이 앞으로 나와 폴짝폴짝 오두방정을 떨었다.

그런데 정작 성묘가 되어서는 천하에 둘도 없는 겁쟁이가 되었다. 굳이 짐작하자면 녀석이 6~7개월령 시기에 받았던 중성

천진난만 쫄보와 표정불만 보리.

화수술이 영향을 끼친 게 아닌가 막연하게 추정해본다. 사람을
무서워하지 않던 아깽이 시절에 비해 중성화수술 이후 사람을
경계하기 시작한 것만은 확실하다. 하지만 다른 고양이들에게
까지 경계심을 발동하고, 어디서 바스락 소리만 나도 놀란 눈을
데굴데굴 굴리는 이유는 잘 모르겠다. 특히 외부에서 폭군이나
다름없는 만두귀라도 침입하면 녀석은 제일 먼저 산으로 줄행

어린 시절에는 늘 맨 앞에 나와 용감하게 사진을 찍던 녀석이 자라면서 완전 쫄보가 되었다.

랑을 친다. 우람한 덩치만 보면 멧돼지를 상대해도 모자람이 없을 것 같은데, 저리 툭하면 놀라서 숨고 도망치기 바쁘니 가끔은 헛웃음이 난다.

쫄보는 그 커다란 체구에도 늘 뒤처져 맨 나중에 밥을 먹곤 했다. 밀리고 밀려서 나중에 혼밥을 즐기는 보리와 처지가 비슷했다. 녀석은 눈도 별로 좋아하지 않았다. 대체로 다래나무집 고양이들은 눈이 오면 냥독대와 진입로를 오가며 눈 구경을 즐기곤 했다. 뭐 딱히 눈을 좋아해서가 아니라 호기심 때문에 눈밭에 나온 고양이들도 있었고, 정말로 눈이 좋아서 강아지처럼 눈밭을

주문하신 특대 맘모스빵 나왔습니다.

질주하는 고양이도 있었다. 하지만 쫄보 녀석만은 눈이 내리면 겨울집에 들어가 거의 그칠 때까지 칩거했다. 더러 겨울집 문구멍으로 얼굴을 내밀고 바깥을 살피며 근심어린 표정을 지었다.

어쩌면 쫄보는 겁쟁이라서 다래나무집에 오래 눌러앉았는지도 모르겠다. 집 나가는 게 무서워 집에만 머물면서 녀석은 이곳에서 여덟 살까지 살았다. 다래나무집에 한바탕 전염병이 돌던 2022년 겨울, 여러 고양이가 한꺼번에 무지개다리를 건널 때, 쫄보 또한 자취를 감췄다. 그리고 지금까지도 녀석의 행방은 묘연하다. 하지만 사체가 발견되거나 녀석의 마지막을 본 사람이 없어 그냥 행방불명으로 기록할 뿐이다. 어디서건 녀석이 살아 있기를 바란다. 살아 있다면 더이상은 쫄지 말자, 쫄보야!

더이상 쫄지 말자, 쫄보야!

이 아이는 자라서 ——————

이렇게 됩니다.

——————————————————————— 이렇게 됩니다.

점례,
패셔너블한 점무늬

흔히 마당고양이라고 하면 집고양이와 길고양이의 중간 정도로 여기는 사람들이 많은데, 엄밀히 구분하자면 길고양이 쪽에 조금 더 가깝다. 아무래도 갇혀 있지 않은 공간에서 행동의 제약이 느슨하기 때문이다. 마당고양이라고 해서 그들의 영역이 마당에 한정되는 것은 아니다. 가령 산골 오지에 자리한 다래나무집 고양이들은 세 가구밖에 안 되는 골짜기 전체가 그들의 영역이나 다름없다. 더러 고양이를 집안이 아닌 마당에서 키운다고 비난하는 이들도 없지 않지만, 각자의 사정과 환경에 따라 그럴 수밖에 없는 현실적인 이유는 분명히 존재한다. 도심의 마당고양이와 산골의 마당고양이를 단순 비교하는 것도 무리가 있다.

다래나무집이 있는 산골에서는 차를 만나는 것보다 고라니를 만날 확률이 더 높고, 사람보다 멧돼지의 밀도가 훨씬 높다. 집을 빙 둘러싼 산에는 밀림과도 같은 수풀이 우거졌고, 산 아래로 사철 계곡물이 흐른다. 물론 자연환경이 좋다고 해서 고양이에게 무조건 살기 좋은 환경은 아니다. 어디에나 위험은 도사리고 있고, 고양이 세계의 질서와 권력다툼도 엄연히 존재한다. 다만 이곳에서 인간의 별다른 간섭을 받지 않고 자연을 누리고 있는 것만은 확실하다.

점례(2018~현재)는 등에 노랑 점무늬를 중심으로 세 개의 검은 점무늬(얼핏 보면 검은 점이고, 자세히 보면 고등어무늬 점이다)가 패셔너블하게 어울린 고양이다. 녀석은 아깽이 시절 공용 밥그릇(프라이팬)에 들어가 밥을 먹는 것으로 유명했는데, 한번은 밥을 다 먹고 수북한 사료를 모래처럼 파더니 그 안에 '응가'를 함으로써 잊지 못할 인상을 남겼다. 이후로도 녀석은 밥그릇을 좋아해서 밥이 비었을 때도 그 안에 들어가 몸을 냥모나이트처럼 말고 잠을 자곤 했다. 밥그릇 집착묘인 녀석은 몸집이 커져서 더이상 그릇에 들어가지 않을 때조차 어떡하든 그릇에 몸을 구겨넣으려 애를 썼다. 이때 녀석도 아마 깨달은 바가 있을 것이다. 아무리 노력해도 안 되는 게 있다는 것을.

녀석은 누구보다 놀이에 진심이었다. 어려서부터 낚시놀이를

점례는 사료그릇과 함께 성묘가 되었다고 해도 과언이 아니다.

하면 빠짐없이 참석하는 멤버였고, 다 자란 뒤에도 녀석은 놀이
에 빠지는 법이 없었다. 과거 보리가 나뭇가지를 들고 몸소 냥태
공 노릇을 한 바 있는데, 점례 또한 아깽이들 앞에서 자주 나뭇가
지를 흔들곤 했다. 하지만 녀석이 가장 좋아하는 건 깃털놀이다.
낚시놀이를 하다 깃털이 빠지기라도 하면 녀석은 늘 가장 먼저
달려가 깃털을 물고 '깃털춤'을 추곤 했다. 깃털을 물고 직립자
세로 서 있는 건 기본이고, 저 혼자 깃털을 날리며 이리 뛰고 저
리 뛰며 자신만의 춤을 추는 것이다.

점례가 가장 좋아하는 건 깃털놀이다.

점례가 가장 멋있을 땐 녀석이 선명한 점박이무늬가 보이도록 돌아앉은 상태에서 고개만 살짝 돌린 자세이다. 점례가 왜 점례인가를 알 수 있는 자세이기도 하다. 이 세상에 존재하는 모든 삼색고양이는 매력적이다. 신이 고양이를 만들 때 가장 많은 물감으로 공들여 만든 고양이가 삼색이라는 생각이 든다. 점례는 2022년 겨울 다래나무집에 닥친 전염병 참사에서도 무사히 살아남았고, 어느덧 여섯 살이 되었다.

점례의 등에도 점점점 꽃이 피었다.

이 아이는 자라서 ──────────

이렇게 됩니다.

금순이,
"예쁘면 금순이지!"

다래나무집에는 이런 얘기가 있다. "예쁘면 금순이지!" 어느
날 아내가 "저기 나무 밑에 고양이 누구야? 예쁘다"라고 해서 자
세히 보니 금순이(2018~현재)였다. 또 어느 날엔 장모님이 장독
대에 앉아 있는 고양이를 보고 "쟈는 누군데 저래 이쁘노?" 해서
봤더니 역시 금순이였다. 밖에서 '예쁘다'라는 수식어가 붙는 고
양이는 십중팔구 금순이였다. 그래서 내가 "예쁘면 금순이죠"라
고 했더니 이게 다래나무집의 '밈'이 되었다. 물론 아내가 가끔
"예쁘면 금순이야, 나야?" 하고 도발적인 눈빛으로 쳐다볼 때는
주저 없이(여기서 망설이면 망한다) 아내라고 말해야 한다. 그래
야 가정의 평화가 유지되기 때문이다.

코스모스는 시들어도 금순이의 미모는 시들지 않는다.

금순이는 어려서부터 유난히 눈에 띄는 고양이였다. 앙증맞은 외모도 그렇거니와 모든 행동이 귀여움을 향해 있었다. 특히 낚시놀이를 할 때 녀석의 행동은 빛났다. 손바닥만한 것이 뒷발을 딛고 일어서서는 야무지게 앞발을 휘젓다가 맘대로 안 될 때면 바닥에 드러누워 어리광을 부렸다. 언니인 점례가 나뭇가지로 낚시질을 할 때도 녀석은 언제나 맨 앞으로 나와 제법 능숙한 손

기술로 나뭇가지를 다루었다. 그러다가 점례가 휙 나뭇가지를 들어올리면 다시 바닥에 드러누워 응석을 부렸다.

금순이는 매력적인 녹색 눈을 가지고 있다. 많은 고양이들이 어린 시절 파란 눈에서 호박색 눈으로 눈색이 바뀌는데, 금순이는 자라면서 녹색 눈으로 바뀌었다. 가끔 그늘에 앉아 카메라를 보거나 나와 눈을 맞출 때 금순이의 눈은 정말 오팔 보석을 보는 듯 신비롭기만 하다. 어쩌면 이런 신비스러운 눈색이 금순이의 미모를 더욱 빛내주는 건지도 모르겠다.

금순이는 달콤이-자몽이-쫄보의 뒤를 이어 뚱냥이 계보를 잇는 묵직한 고양이다. 묵직한 고양이가 대체로 둔하다는 건 편견이다. 금순이는 그 육중한 몸매로 냥독대를 가볍게 오르내리고 나무도 곧잘 탄다. 물론 녀석의 일과 중 대부분의 시간은 현관 앞에서 낮잠을 자거나 뒹굴거리는 것이다. 녀석은 비공식적으로 결성된 '어따고'(어디든 따라다니는 고양이 모임) 멤버 소속이기도 하다. 내가 다래나무집에 내려가면 촬영을 위해 구석구석 돌아다닐 때가 많은데, 녀석은 내가 가는 거의 모든 곳을 따라다닌다. 참고로 이 모임에 속한 멤버는 오디, 앵두, 앙고, 맹자, 금순이로, 나한테는 하나같이 VIP 고객들이다. 금순이는 한겨울에도 눈을 두려워하지 않는 고양이다. 폭설이 내려도 녀석은 개의

낙엽이 진 산모롱이에 금순이가 그림처럼 앉아 있었다.

장난기 많고 어리광이 심했던 금순이는 자라면서 듬직한 고양이가 되었다.

한겨울에도 예쁘면 금순이지.

치 않고 사방팔방 쏘다니는 경향이 있다. 그렇다고 앙고처럼 일부러 눈을 맞으며 센 척을 하거나 허세를 부리지는 않는다.

금순이는 올해 여섯 살. 여전히 다래나무집에서 가장 예쁜 고양이로 살고 있다. 앞으로도 오래오래 녀석이 거기 있어서 "예쁘면 금순이지!"란 말을 오래오래 하고 싶다.

폭설이 내린 냥독대. 폭설만큼이나 푸짐한 털복숭이 두 마리.

이 아이는 자라서 —————

이렇게 됩니다.

이렇게 됩니다.

맹자,
까칠하지만 나한테는 다정했던

아깽이 시절의 맹자(2018~2022)는 경계심도 많고 소극적이어서 사진을 찍는 일이 드물었다. 다른 아이들이 무리지어 놀 때도 멀리서 관망할 때가 많았고, 앞마당보다는 뒷산을 주무대로 삼았기에 존재감이 별로 없었다. 그런 녀석이 언제부턴가 다른 고양이와 어울리더니 성묘가 되어서는 '어따고'의 주축 멤버로 활동하기에 이르렀다. 일주일에 한 번 다래나무집에 내려갈 때면 나는 캔을 따는 것으로 묘심을 얻곤 했는데, 캔으로는 환심을 살 수 없는 고양이들이 몇 있었다.

앵두를 주축으로 금순이와 맹자가 바로 캔보다 닭가슴살을 좋아하는 고양이들이었다. 해서 나는 다른 고양이들이 캔을 먹는 동안 따로 거리를 두고 닭가슴살을 내놓곤 했다. 아마도 맹자가 마음을 열기 시작한 것도 그 때문이 아닐까 추정한다. 자신이 좋아하는 간식을 먹기 위해선 그걸 주는 인간과 친해질 필요가 있다고 여겼을 것이다. 살다보면 어쩔 수 없는 일이 있고, 그건 어쩔 수 없는 것이다. 맹자는 본래 다래나무집에서 가장 새침하고 까칠한 고양이였다. 앙고를 제외한 어떤 수컷도 맹자 앞에선 꼬리를 내렸다. 고양이뿐만 아니라 다래나무집 식구 누구도 맹자를 만질 수가 없었다. 하지만 간식을 주는 나한테만은 다정해서 다래나무집에 갈 때면 프로 마중냥 앵두를 제치고 가장 먼저 마중을 나올 때도 많았다. 내가 가는 곳이면 어디든 졸졸 따라다니는 건 기본이고, 기분이 좋을 땐 망극하게도 잠깐의 만짐까지 허락해주었다.

맹자의 삼색무늬는 독특해서 어디서나 눈에 띄었다. 이마의 노랑무늬와 검정무늬가 마치 피자처럼 정확한 비율로 나뉘어 '피자'라는 별명을 얻기도 했다. 전체적인 삼색무늬도 검정, 노랑, 흰색이 어울려 선명하고 강렬한 느낌을 주었다. 이런 강렬함은 눈이 내릴 때 더욱 빛을 발했는데, 폭설 속을 걸어가는 녀석의 모습은 고급스러운 '오뜨 꾸뛰르' 명품이 부럽지 않았다. 사실 어렸을 때만 해도 맹자의 삼색무늬는 별로 뚜렷하지가 않았다. 고양이는 자라면서 무늬가 선명해지고 털색이 진해지는 게 일반적인데, 맹자를 보면 알 수 있다. 맹자 또한 3개월령이 지나면

맹자의 이마는 무늬가 정확히 여섯 조각으로 나뉘어 '피자'라는 별명을 얻었다.

서부터 무늬와 털색이 눈부시게 빛나기 시작했다. 미모 또한 자라면 자랄수록 예뻐져서 이러다 금순이 미모를 추월하는 게 아니냐는 말까지 있었다.

남한테는 까칠하지만 나한테만은 다정한 고양이. 알고 보면 맹자는 먹고살기 위해 어쩔 수 없이 사회생활을 하는 인간처럼

맹자는 자라면서 무늬가 선명해지고 털색이 진해졌으며, 점점 예뻐졌다.

맹자의 삼색무늬는 눈이 내릴 때 더욱 선명하고 강렬하다.

다래나무집 식구(인간+고양이)와 마지못해 어울리는 경향이 있었다. 사실 녀석은 MBTI로 치면 극I 성향에 가까웠다. 무리생활보다 혼자만의 사색과 혼자만의 공간을 좋아했다. 식사시간이 아니면 녀석은 혼자 숲속을 거닐거나 산을 넘어 외딴 과수원까지 혼자 다녀올 때가 많았다. 고급스러운 외모와 달리 행동은 무척이나 터프한 편이어서 동년배 고양이 중에 가장 친한 금순이마저 눈치를 보곤 했다. 괜히 친한 척하다가 냥편치를 맞은 적이 한두 번이 아니기 때문이다.

맹자와는 다래나무집에서 5년을 함께했다. 지난겨울 김장을 하러 내려갔을 때 맹자는 무슨 일인지 마중을 나오지도 않고, 환영인사도 없이 김치광 스티로폼 위에 누워 눈만 한두 번 깜박이며 인사를 건넸다. 나도 일손을 돕느라 경황이 없어 간식타임을 미루고 있었는데, 김장을 끝내고 나와 보니 녀석의 몸이 반쯤 굳어 있었고, 숨결도 멈춰 있었다. 서너 시간 사이에 녀석은 생사를 오가고 있었던 것이다. 이때만 해도 다래나무집에 전염병이 돌고 있는 걸 나는 까맣게 몰랐다. 맹자가 숨이 끊어진 사실을 알리자 장모님께서 여기 자주 오는 길냥이 두 마리도 저 아래 죽어 있었다고 전했다. 그러니까 내가 도착했을 때 맹자가 눈을 깜박인 건 혼신의 마지막 인사였던 것이다. 그것도 모르고 나는 속으로 이젠 마중도 안 나온다고 타박까지 했었다. 어쩌면 녀석은 내가 올 때까지 기다렸다가 눈을 감았는지도 모르겠다. 나는 싸늘하게 식어가는 맹자를 마지막으로 끌어안고 한참이나 울었다. 그리고 평소 자주 오르내리던 구릉에 구덩이를 파고 녀석을 묻어주었다. 본격적인 한파가 시작되던 겨울 어느 날이었다.

맹자는 폭설이 내려도 혼자 산책을 가거나 산행을 즐기곤 했다.

길에서 만난
고양이

깜냥이	멍이	여리
꼬미	당돌이	순둥이
여울이	여기	장고

이 아이는 자라서 ─────────

이렇게 됩니다.

————————————————— 이렇게 됩니다.

깜냥이,
나의 첫 고양이

내가 고양이 세계에 첫발을 내딛은 건 2007년 겨울이었다. 집 앞 소파에서 어미 품을 파고들던 아깽이 다섯 마리가 나를 여기까지 오게 만들었다. 깜냥이(2007~2009 이사)는 바로 그 다섯 마리 아깽이 중 한 마리였다. 당시 고양이 사료가 있다는 사실도 몰랐던 나는 국물용 멸치와 먹다 남은 탕수육, 빵 등을 아깽이들에게 나눠주다 한 달이 지나서야 사료가 있다는 걸 알게 되었다. 그때부터 본격적인 배달부 인생이 시작되었고, 가끔 기록을 위해 고양이 사진을 찍게 되었다.

고양이에게 밥 주는 횟수가 늘어갈수록 녀석들과 나의 거리도 점점 가까워졌다. 그렇게 한발 한발 나는 고양이 세계로 빠져들었다. 고양이에 대해 아무것도 몰랐던 나는 밥 주던 고양이가 하

2007년 겨울에 만난 나의 첫 고양이 가족.

나둘 떠난 뒤에야 그것이 자신만의 영역을 찾아 독립한 것임도 알게 되었다. 처음 만난 다섯 마리 아깽이 중 영역에 남은 고양이는 깜냥이와 희봉이(고등어) 둘뿐이었는데, 둘은 언제나 모든 걸 함께하는 단짝이었다. 특히 두 녀석은 먹다 남은 사료로 걸핏하면 드리블 연습을 했다. 관전평을 좀 보태자면 희봉이는 마음만 앞서 아무렇게나 드리블을 하다 사료를 하수구에 빠뜨리는 게 예사였다. 반면 깜냥이는 개인기가 현란해서 수비 한두 마리쯤 제치는 건 일도 아니었다.

희봉이가 활달하고 명랑한 성격이라면 깜냥이는 늘 진지하고 수동적인 성격이었다. 둘 중에 장난을 먼저 거는 쪽은 언제나 희봉이였고, 장난으로 피해를 보는 쪽은 늘 깜냥이였다. 연립주택 공터에 산수유꽃이 흐드러지자 희봉이는 이 가지 저 가지 옮겨다니며 꽃구경을 하는데, 깜냥이는 나무 아래서 희봉이가 하는 행동을 구경만 했다. 한번은 길거리에 떨어진 비닐을 발견한 희봉이가 봉지 안으로 들어갔다 나왔다를 반복하며 장난을 치고 있었다. 옆에서 지켜보던 깜냥이는 그것이 재미있어 보였는지 자기도 하겠다고 나섰으나, 이미 희봉이가 수없이 깔고 앉아 납작 짜부러진 상태였다. 둘은 언제나 함께 장난을 치고, 함께 밥을 먹고, 함께 잠을 자는 사이였다.

하지만 묘생 첫여름에 예고도 없이 희봉이가 영역을 떠났다. 외톨이가 된 깜냥이는 밥만 먹고 곧바로 사라지기를 반복했다.

깜냥이의 단짝 희봉이.

식후 길거리 공연도 더이상 열리지 않았다. 사실 내가 깜냥이에게 기대한 건 이 녀석만이라도 영역을 지켜주었으면 하는 거였다. 다행히 깜냥이는 묘생 두번째 겨울이 되어서도 일주일에 한두 번 급식소를 찾아왔다. 그 무렵 나는 사정상 이사를 가게 되었는데, 하필 작별인사를 하려고 며칠을 돌아다녀도 녀석을 만나지 못했다. 깜냥이가 집 앞에 나타난 건 이사 하루 전, 늦은 오후쯤이었다. 이삿짐을 싸다가 밖에서 고양이 소리가 들려 나가보니 깜냥이였다. 나는 녀석이 좋아하는 캔까지 듬뿍 담아 마지막 밥상을 차렸다. 내가 이사 간다는 사실을 알 리 없는 녀석은 이게 웬 떡이냐며 게걸스럽게 먹어치웠다. 찹찹거리는 깜냥이의 귓전에 대고 나는 혼잣말처럼 중얼거렸다. "안녕, 깜냥이는 고마웠어요."

"역시 벽돌 베개가 최고다냥!"

이 아이는 자라서 ──────────

이렇게 됩니다.

──────────────────────────── 이렇게 됩니다.

멍이,
낭만고양이

　내가 처음 고양이 세계에 발을 들여놓은 건 오래된 연립주택과 다세대주택이 밀집된 도심의 외곽이었다. 사람이 많이 사는 동네엔 고양이도 많았다. 고양이에게 밥 배달을 하면서 처음 느낀 것은 내가 사는 곳에 그렇게 많은 고양이가 있는지 몰랐다는 거다. 거리와 골목을 지나다보면 그전에는 보이지 않던 고양이들이 하나둘 눈에 띄었다. 눈에 띄는 고양이들마다 눈에 밟히기 시작했고, 밥 배달하는 장소가 하나씩 늘어갔다. 멍이(2008~2009 이사)도 그렇게 만난 고양이다.

　우연히 연립주택 앞을 지나다 망초가 우거진 화단에서 세 마리 아깽이가 울고 있는 걸 보게 되었다. 보아하니 젖둥이들이었는데, 나는 젖 먹이는 어미라도 배곯지 말라고 그곳에 밥을 배달

하기 시작했다. 어미(턱시도)는 내가 갈 때마다 경계 태세였지
만, 밥을 내려놓기 무섭게 달려와 사료를 흡입하곤 했다. 아깽이
삼 남매도 엄마 옆에 붙어서 제법 야무지게 사료를 씹어먹었다.
그러나 온 가족이 모여 밥을 먹는 풍경은 그리 오래가지 않았다.
가을이 되면서 삼 남매 중 까망이 녀석이 행방불명되었고, 어미
또한 멍이(무늬 고등어)와 얌이(턱시도)에게 영역을 물려주고
떠났다.

"커피 마시고 갈래?"

멍이와 얌이는 둘 다 암컷이었다. 두 녀석은 어디를 가든 붙어 다니는 단짝이었는데, 잠을 잘 때도 언제나 연립주택 눈썹지붕에 올라 나란히 붙어서 잤다. 얌이가 대체로 활발하고 가끔 어디로 튈지 모르는 돌출행동을 서슴지 않는 성격이라면, 멍이는 매사 조용하고 신중했으며 제법 똑똑한 편이었다. 한번은 멍이가 자전거 타는 모습을 지켜보았는데, 보면서도 믿기지가 않았다. 멍이는 자전거가 페달을 돌려야 굴러간다는 원리를 알고 있었다. 해서 녀석은 골목에 방치된 자전거의 페달을 이리저리 돌려보았다. 이쪽 페달이 돌아가지 않자 반대쪽 페달을 돌렸다. 그래도 페달이 돌아가지 않자 펑크가 났는지를 알아보려고 앞바퀴를 살폈다. 하필 신중하게 고른 자전거가 고장난 것을 알고 녀석

동네에서 소문난 수리공에게 고장난 자전거 수리를 맡겨보았다.

은 '이렇게 타면 되지!' 하면서 안장으로 올라가 한참이나 기분을 냈다. 영락없이 골목을 누비는 고양이 바이커의 모습이었다. 녀석은 종종 미끄럼틀도 탔다. 연립주택 공터에 놓인 미끄럼틀에 올라가 여유 있게 미끄럼을 타고 내려오는 모습은 한두 번 해본 솜씨로 보이지 않았다.

멍이는 보기 드문 낭만고양이였다. 연립주택 아래 은행나무가 노랗게 물들자 녀석은 매일같이 담장에 올라 단풍 구경을 했다. 그냥 나무 아래 앉아 있는 게 아니라 노란 잎들이 흔들리는 모습을 한참이나 올려다보는 거였다. 마치 녀석은 시라도 한 편 읊으려는 듯 사색에 잠겨 있었다. 겨울이 되면서 연립주택 화단에는 못 보던 집이 하나 생겼다. 종이박스에 대충 테이프를 감아 만든 길냥이용 겨울집이었다. 나는 새삼 깨달았다. 드러내지는 않지

멍이는 놀이터에서 곧잘 미끄럼틀을 타곤 했다.

만 주변에 나와 같은 생각으로 고양이를 돌보는 손길이 있다는 것. 멍이와 얌이는 허술하지만 정성이 깃든 박스집에서 무사히 겨울을 났다.

처음 고양이 세계로 나를 이끌었던 동네를 떠나기로 결정하면서 나는 고민이 많았다. 내가 밥 주던 고양이들을 어떻게 해야 하나. 그런데 뜻밖에도 가까운 곳에 고마운 분이 있었다. 한동네 살던 캣맘이었는데, 내가 밥 주던 고양이들을 자기가 맡아 차질 없이 밥을 주겠다는 거였다. 나는 1년 반 동안 밥을 주던 고양이와 밥자리 위치를 담은 '길냥이 영역지도'를 그분에게 전해주었다. 그나마 이사를 가는 나의 마음은 한결 가벼워졌다.

"아니, 저기 우리한테도 사생활이라는 게 있다냥!"

고양이도 노랗게 물든 은행나무 아래선 센티멘털해진다.

이 아이는 자라서 ————————————

——————————————————— 이렇게 됩니다.

여리,
작지만 악착같이 살았던

　여리(2009~2010)는 시골로 이사 와 새롭게 밥 배달을 하면서 만난 고양이다. 여리의 소속은 축사고양이였는데, 이곳에는 모두 열한 마리의 고양이가 살고 있었다. 무리의 수장은 대모(삼색이)로 나머지 고양이들은 윗배 아랫배 자식들로 추정된다. 그중에는 젖먹이 아깽이가 여섯 마리나 되었다. 여리는 이 여섯 마리 아깽이 중에 가장 여위고 작은 고양이였다. 하지만 그런 약한 고양이가 사료를 먹을 때면 오히려 악착같은 고양이로 변했다. 그만큼 삶의 의지가 강한 고양이였다.

　축사의 환경은 열악했지만, 소먹이용 짚단이 제법 많아서 겨울을 나기엔 안성맞춤인 곳이었다. 겨우내 축사고양이들은 집단으로 짚단에 올라가 몸을 녹이던 '짚단 행동'을 선보였다. 축사에는 쇠죽을 끓이는 아궁이 두 개짜리 한뎃부엌도 있었다. 한파가 절정에 이르자 고양이들은 온기가 남아 있는 아궁이에 들어가 밤을 보내곤 했다. 내가 사료배달을 가면 한 아궁이에서 많게는 네댓 마리 고양이가 재를 털며 기어나왔다. 그런데 그 모습이 실로 가관이었다. 단체로 재와 그을음이 묻어 삼색이고 노랑이고 가리지 않고 시커멓게 변해 있었다. 짠하면서도 웃음이 절로 나는 모습이었다. 여리도 예외가 아니었다. 겨울 초입만 해도

겨우내 아궁이에서 밤을 보낸 여리의 모습.

연한 노랑이였던 녀석이 어느새 잿빛 노랑이로 변해 있었다.

여리의 생애 첫겨울은 기록적인 폭설이 몇 차례 이어졌다. 나는 폭설 속에 밥 배달을 가다가 눈길에 미끄러져 서너 번 범퍼가 망가지는 사고를 당하기도 했지만, 눈이 오면 먹이를 구하기가 더 어려운 녀석들을 위해 밥차 운행을 멈출 수가 없었다. 한번은 개울가 마을길에 차를 세우고 무릎까지 푹푹 빠지는 눈길을 걸어 축사에 도착했는데, 예닐곱 마리의 축사고양이가 눈을 맞으며 마중을 나와 있었다. 그런데 하얀 설원에 하나같이 시커먼 아궁이 패션을 하고 있으니 뭔가 흑화된 고양이 그림을 보는 것 같았다.

그렇게 겨울이 가고 봄이 왔지만, 축사고양이에겐 날벼락 같은 일이 기다리고 있었다. 열한 마리 고양이의 쉼터인 축사가 갑자기 철거되기 시작한 것이다. 축사고양이 가족은 어쩔 수 없이 뿔뿔이 흩어져 각자의 길을 가게 되었다. 하지만 축사가 철거된 뒤에도 여리는 축사 주변을 떠나지 못했다. 철거 후 남은 폐자재와 쓰레기 더미를 새로운 보금자리로 삼은 것이다. 어미인 대모와 언니인 가만이(턱시도)도 차마 발길을 끊지 못하고 철거된 축사 앞 목초지를 어슬렁거렸다.

그해 여름 여리는 축사터에서 가까운 돌담집 나뭇더미에 새끼

여리가 자기를 쏙 빼닮은 아기를 데리고 급식소에 나타났다.

를 한 마리 낳았다. 꼬리가 짧은 노랑이였다. 여리도 태어났을 때 다른 형제들에 비해 체구도 작고 몸도 약하게 태어났는데, 이 녀석도 어릴 때의 여리와 별로 다르지 않았다. 여리는 출산 후 달포쯤부터 아깽이를 데리고 임시 급식소를 찾곤 했다. 처음에는 낯선 배달부의 등장에 경계심을 보이던 아깽이도 곧잘 내 앞으로 와 밥을 먹었다.

가을도 깊어 벼 타작이 끝나고 콩 타작이 한창인 어느 날이었다. 밥 배달을 가서 여리와 아깽이를 불러보았지만, 대답 대신 여리는 돌담집 지붕 위에서 내려올 생각이 없어 보였다. 그런데 녀석의 행동이 좀 이상했다. 안절부절 눈을 자꾸 감았다 뜨며 고개까지 흔들어대는 거였다. 아깽이는 담장 위에서 이옹이옹 울며 엄마를 부르고 있었다. 대모까지 담장 위로 올라가 두리번두리번 주위를 살폈다. 처음에 나는 녀석들이 무슨 숨바꼭질을 하는 줄 알았다. 그리고 얼마 뒤 지붕에서 내려온 여리가 비틀거리며 논두렁을 걸어가는 거였다. 내가 놓아둔 사료는 거들떠보지도 않았다. 여리는 과거 축사가 있던 자리를 지나 건너편 농가 쪽으로 사라졌다. 돌담집에 남겨진 아깽이는 담장 위에서 여전히 엄마를 부르며 울었다.

다음날이 돼서야 나는 여리가 왜 그런 행동을 했는지 짐작이 갔다. 혹시나 해서 돌담집 주변을 살폈더니 담장 나뭇더미 아래 수상한 그릇이 하나 놓여 있었다. 쥐약을 섞은 음식물이 틀림없

지붕에서 이상행동을 보였던 여리. 그게 여리와의 마지막 만남이었다.

었다. 나는 곧바로 그릇에 담긴 검푸른 음식을 땅속에 파묻었다. 누군가 고양이를 해칠 목적으로 쥐약을 놓은 게 분명했다. 그날 이후 여리는 두 번 다시 그곳에 나타나지 않았다. 마을 곳곳을 돌아다니며 녀석을 찾아보았으나 여리는 끝내 만날 수가 없었다.

지친 그림자를 끌고 집으로 갑니다. 오늘도 또 하루를 살았습니다.

이 아이는 자라서 ——————

이렇게 됩니다.

—————— 이렇게 됩니다.

꼬미,
대모가 입양해 키운 아이

꼬미(2010~2011 영역 떠남)는 2010년 여름에 태어났다. 임신 중 엄마의 영양 상태가 안 좋아서인지 유전적 요인인지 몰라도 꼬미는 태어날 때부터 꼬리가 짧았다. 그래서 꼬미라는 이름을 붙였다. 엄마인 여리가 쥐약으로 추정되는 음식을 먹고 떠나자 꼬미는 몇 날 며칠을 울며불며 거리를 떠돌았다. 엄마가 다시는 돌아오지 못할 곳으로 떠났다는 사실을 알기에는 너무 어린 고양이였다. 요 어린것이 식음을 전폐하고 며칠씩 거리를 떠돌자 보다 못한 할머니 대모(여리의 엄마)가 손자를 찾아왔다. 당시 대모는 두 마리의 새끼를 낳아 육아를 하고 있었는데, 하필 여리가 떠나던 날 현장에서 모든 상황을 지켜보았다.

거리에서 울고 있던 꼬미가 할머니를 발견하자 녀석은 울음을 그치고 할머니에게 달려갔다. 할머니는 그런 손자를 품에 안고 장독대 뒤에서 젖을 먹였다. 며칠 후 다시 만난 대모는 자기 새끼인 양 꼬미를 데리고 나타났다. 그렇게 할머니는 손자를 입양했다. 혹자는 고양이가 설마 입양을 할까 의심하겠지만, 이후에도 대모는 자신이 낳은 재미와 소미 그리고 꼬미를 함께 데리고 급식소를 찾았다. 희끗희끗 눈발이 날리던 어느 날, 나는 갸륵한 풍경을 만났다. 옛날 축사가 있던 자리, 폐자재 위에서 대모는 손자인 꼬미를 품에 안고 젖을 물리고 있었다. 가까이 가면 안 될 것 같아 나는 멀리서 망원렌즈로 그 모습을 지켜보았다.

어느새 꼬미는 대모의 아이들인 재미, 소미와도 어울려 스스

엄마 여리가 떠나자 할머니 대모가 손자인 꼬미를 입양해 젖을 먹이며 키웠다.

187

럼없이 장난도 치고 밥도 먹었다. 사실 꼬미는 대모네 아이들과 월령 차이도 별로 나지 않아 마치 한배에서 난 것처럼 자연스럽게 어울렸다. 그때까지만 해도 일면식이 없는 재미와 소미는 밥을 주는 나에 대한 경계심이 심했다. 하지만 구면인 꼬미가 나를 전혀 경계하지 않고 1미터 앞까지 와서 밥을 먹는 모습을 보고는 녀석들도 나에 대한 경계심을 조금씩 누그러뜨렸다. 장난을 좋아하는 아깽이들이라 밥을 먹고 나면 녀석들은 논 한가운데로 가 볏가리 속을 헤치고 다니며 숨바꼭질을 하고, 수시로 장독대 앞 은행나무를 오르내리며 우다다를 했다.

꼬미의 첫겨울은 유난히 추웠다. 하지만 꼬미는 대모네 식구들과 함께 있어 춥지도, 외롭지도 않았다. 폭설이 내려도 문제가 되지 않았다. 오히려 꼬미, 재미, 소미는 눈밭에서 더 활발하게 뛰어놀았다. 장독대에서 눈밭으로 다이빙하듯 뛰어내리기도 하고, 세 마리가 앞다퉈 눈밭 달리기 경주를 벌이기도 했다. 나는 밥을 주고 나면 언제나 그렇듯 구석에 앉아 이 녀석들의 놀이가 끝날 때까지 구경꾼처럼 앉아 있었다. 사진을 찍지 않아도 나는 그렇게 녀석들이 노는 장면을 구경하는 게 좋았다.

봄이 되면서 대모네 식구들은 아예 거처를 논에서 개울로 이어진 배수구로 옮겼다. 물난리가 나지 않는 한 그곳은 더없이 안

꼬미와 재미(대모가 낳은 새끼)는 어려서부터 나무 타는 솜씨가
거의 논두렁에서 달리기 하는 수준이다.

꼬리 짧은 꼬미의 첫겨울.

전한 은신처이자 비밀통로였다. 녀석들은 배수구에서 쉬다가 심심하면 개울로 내려와 놀았다. 꼬미는 종종 개울에 놓인 바위를 징검다리 삼아 건너편으로 원정을 가기도 했다. 개울 건너 갈대밭이 꼬미에겐 새로운 놀이터였다. 그러나 비가 많이 오면 배수구에 물이 흘러들고, 개울을 건널 수 없을 만큼 물이 불어난다는 사실을 녀석은 여름이 다 되어서야 알았다. 장마가 시작되면서 배수구에 물이 흘러들자 대모네 아이들과 꼬미는 쫓기듯 폐차장 쪽으로 영역을 옮겼다. 그 무렵 대모는 아이들을 남겨두고

장독대의 빈 항아리는 장난꾸러기 고양이의 은신처이기도 하지만, 비가 오거나 눈이 녹으면
고양이 전용 물항아리가 되기도 한다.

영역을 떠났는데, 얼마 가지 않아 재미와 소미도 그곳을 떠나버렸다. 폐차장에는 이제 꼬미 혼자만 남았다. 꼬미를 마지막으로 본 건 계절이 가을로 접어들 무렵이었다. 폐차장 폐타이어 더미에 올라 녀석이 나와 눈을 맞추던 게 아마도 마지막 인사였던 것 같다.

막장 같은 묘생의 하수구에도 봄이 와서 노란 꽃다지가 피었다.

이 아이는 자라서 ——————

이렇게 됩니다.

당돌이,
총각무 먹던 고양이

까뮈라는 턱시도 고양이가 있었다. 11월도 중순이라 찬바람이 불기 시작하는데, 배달 다니는 골목 어디선가 아깽이 우는 소리가 들렸다. 골목의 쓰러져가는 폐가에서 나는 소리였다. 가까이 가보니 폐가 뒤란의 버려진 냉장고 앞에 네 마리 아깽이가 앉아 있었다. 그리고 그 뒤에는 엄마인 까뮈가 엎드려 있었다. 그날부터 나는 이 가족에게 밥 배달을 시작했다. 그렇게 20일쯤 지난 어느 날, 사료를 들고 폐가에 도착해보니 굴삭기 한 대가 흙먼지를 일으키며 집을 철거하고 있었다. 까뮈네 식구들은 어디로 피신을 했는지 한 마리도 보이지 않았다. 하필이면 이 엄동설한에 녀석들의 거처와 급식소가 갑자기 사라져버린 것이다.

이후 한 달 가까이 나는 까뮈네 식구를 만나지 못했다. 녀석들

을 다시 만난 건 폭설이 내린 어느 아침이었다. 골목 저쪽에 턱시
도와 아깽이 두 마리가 앉아 무언가를 먹고 있었다. 가까이 가보
니 그건 놀랍게도 누군가 버린 벌건 총각무였다. 그 맵고 짠 총각
무를 엄마와 아깽이가 나눠먹고 있었다. 얼마나 배가 고팠으면,
내가 가까이 오는 줄도 모르고 녀석들은 총각무를 먹느라 정신
이 없었다. 내가 짐짓 인기척을 내자 까뮈가 고개를 돌려 알은체
를 했다. 아기 턱시도와 삼색이는 나를 몰라보는 것 같았지만, 엄

먹을 게 없어서 총각무를 먹던 당돌이는 꾸준한
사료배달 덕분에 제법 듬직한 고양이로 자랐다.

마가 알은체를 하니 무턱대고 앙냥냥 울어댔다.

나는 가져온 사료가 없어 차에 실어둔 비상용 사료를 가지러 발길을 돌렸다. 그것도 모르고 아깽이 두 마리는 먹이를 주고 가라며 목놓아 울었다. 잠시 후 사료를 가져와 그릇도 없이 눈길에 사료를 내려놓자 아깽이 두 마리와 엄마는 정말 허겁지겁 먹어 치우기 시작했다. 그날 이후 다시 나는 까뮈네 식구에게 매일같이 밥상을 차려주었다. 폐가가 철거되고 거처를 옮겨다니며 사는 동안 네 마리였던 아깽이는 두 마리만 살아남았다. 내가 배달을 가면 고래고래 악다구니를 쓰며 빨리 좀 꺼내라고 재촉하는 턱시도 녀석에게 나는 당돌이(2009~2011 영역 떠남)란 이름을 붙여주었다. 당돌이와 달리 언제나 멀찌감치 떨어져 조용히 기다리는 삼색이는 순둥이란 이름으로 불렀다.

본래 봄에 태어난 아이들에 비해 가을에 태어난 아이들의 생존율이 훨씬 낮은 편이다. 면역력을 갖추기도 전에 혹한과 폭설이 닥치면 아무래도 겨울을 나기가 쉽지 않기 때문이다. 당돌이는 당돌하게, 순둥이는 순둥하게 겨울을 났다. 겨울을 나는 동안 당돌이와 순둥이는 어지간히 아궁이에서 밤을 보냈는지 온몸이 재와 그을음으로 시커멓게 변해 있었다. 봄이 되면서 당돌이와 순둥이는 변함없이 급식소를 찾았지만, 엄마인 까뮈는 보이지 않았다. 나는 그것이 두 녀석을 독립시키기 위해 엄마가 영역을

어려서부터 당돌하게 맨 앞으로 나와 내게 사료를 요구했던 당돌이.

엄동설한 아궁이에서 밤을 보내고 나온 당돌이. 재와 그을음이 묻어
턱시도가 거의 까망이가 되었다.

물려준 것이라고 여겼다. 하지만 개울가 그늘에 쌓였던 눈이 녹
자 불에 탄 쓰레기 더미와 함께 까뮈의 사체가 버려져 있었다. 누
군가 일부러 벌인 일임에 틀림없었다. 그 추운 엄동설한과 배고
픔도 다 견딘 고양이가 봄이 되어 갑자기 자연사할 리가 없었다.

그렇게 당돌이와 순둥이 남매는 엄마 없는 세상에 남겨졌다.
둘은 남매치고 사이가 꽤 좋았다. 주로 당돌이가 순둥이를 지켜
주는 쪽이었다. 어쩌면 남매는 이제나저제나 엄마가 돌아오기
만을 기다렸을지도 모르겠다. 아무리 기다려도 오지 않는 엄마
를 수없이 원망했을지도 모르겠다. 사실 당돌이와 순둥이를 위

해 엄마인 까뮈가 터를 잡은 곳은 마을의 중심 골목으로 개울집 고양이와 대장고양이, 새로 이사 온 노랑이의 영역과 접경을 이루는 곳이었다. 해서 이 화약고와도 같은 영역에서는 자주 영역 다툼이 일어나곤 했다. 나이로는 두 살이지만, 가을에 태어난 당돌이가 이 영역을 지켜가기엔 여간 버거운 일이 아닐 수 없었다. 다행히 당돌이는 다시 겨울이 올 때까지 무사히 영역을 지켜냈고, 당돌이의 보호 아래 순둥이는 가을에 이곳에서 출산까지 했다.

냥루랄라. 발걸음도 가볍게 급식소 가는 길.

당돌이를 마지막으로 본 건 2011년 4월이었다. 정미소 지붕에 올라간 녀석을 불러 밥을 먹였는데, 그날 이후 두 번 다시 녀석은 급식소에 나타나지 않았다. 그것이 내가 당돌이에게 건넨 마지막 식사였던 셈이다. 어쩌면 당돌이는 출산을 한 순둥이와 어린 조카에게 영역을 물려주기로 결심했는지도 모르겠다.

🐾 축사고양이 중에 '가만이'라는 고양이가 낳은 고등어 녀석도 '작은 당돌이'라 불렀는데, 성격이나 행동이 당돌이와 너무나 흡사했기 때문이다.

당돌이는 한배에서 난 순둥이에게 영역을 물려주고 먼길을 떠났다

이 아이는 자라서 —————————

이렇게 됩니다.

순둥이,
당돌이와 남매지간

아무것도 아닌 삶은 없다. 고양이도 마찬가지다. 인간의 관심 밖에서 소외된 묘생을 사는 고양이도 고양이로서 자신의 본분을 다한다. 고양이도 고양이로서 온 힘을 다해 산다.

순둥이(2009~2012 영역 떠남)는 당돌이와 남매지간이다. 폐가에서 태어났으나 얼마 뒤 건물이 철거되면서 철거묘가 되었고, 한동안 영역도 없이 떠돌아다니는 유랑묘가 되었다가, 겨우 정착한 곳에서는 엄마를 잃고 고아묘 신세가 되었다. 물론 엄마가 떠난 뒤에는 오빠인 당돌이가 보호냥 노릇을 해서 그럭저럭 성묘가 되었지만, 녀석의 묘생이 결코 순탄한 것은 아니었다. 그럼에도 녀석은 타고난 순둥이라 그런지 고단한 상황에서도 티

엄마와 오빠가 총각무를 나눠먹는 동안 순둥이는 옆에서 입맛만 다셨다.

를 내는 법이 없었다. 그저 묵묵히 견디며 엄마 없이 사는 법을
배웠다.

　엄마는 떠나고 그해 여름쯤 순둥이도 엄마가 되었다. 이미 겨
울이 끝나갈 무렵부터 순둥이가 대장인 흰노랑이와 부쩍 어울
리는 모습을 몇 번 보긴 했다. 이곳의 대장은 호시탐탐 순둥이와
당돌이의 황금영역을 넘보고 있었다. 어쩌면 순둥이에겐 대장

과 돈독한 관계를 유지하는 게 영역을 유지하는 데도 도움이 될지 모르겠다. 순둥이가 정확히 언제 출산(늦봄이나 초여름에 출산을 한 듯하다)을 했고 몇 마리를 낳았는지는 알 수 없지만, 가을부터 순둥이는 노랑 아깽이를 데리고 급식소에 나타났다. 나와 첫 대면인 아깽이는 엄마와 성격이 완전히 달랐다. 오히려 삼촌인 당돌이와 비슷하다고나 할까. 첫 만남부터 녀석은 나와 1미터 거리에서 발라당을 하는 것으로 신고식을 대신했다. 역시나 한결같은 엄마는 일정한 거리를 유지한 채 그 모습을 지켜보았다.

아깽이와 첫 대면을 하는 날 삼촌인 당돌이도 뒤늦게 참석했다. 그런데 아깽이 녀석 성깔이 장난 아니었다. 당돌이에게 다가가 킁킁거리며 코인사를 하는 듯하더니 갑자기 털을 부풀리고 하악거렸다. 당돌이는 어린 조카를 혼내지도 못하고 멀찌감치 거리만 두었다. 사료그릇에 밥을 담는데도 아깽이는 야르릉거리며 삼촌을 근처에도 못 오게 했다. 당돌이는 멀리서 순둥이와 아깽이가 밥 먹는 모습을 그저 지켜만 보았다. 하는 수 없이 나는 당돌이에게 밥상을 따로 차려주었다.

아깽이의 냉대를 받으면서도 당돌이는 순둥이 가족의 든든한 보호냥이 되어주었다. 한번은 순둥이네 가족이 밥을 먹는데, 이웃사촌인 여울이(무늬 고등어)가 찾아왔다. 여울이는 개울냥이네 가족의 일원으로 따로 밥을 챙겨주는 캣맘이 있었다. 그런데도 툭하면 이곳에 와서 남의 밥을 탐냈다. 순둥이를 향해 다가오

순둥이네 아깽이는 첫 대면부터 발라당을 하는 것으로 신고식을 대신했다.

이름처럼 순둥이는 순둥했고, 당돌이는 당돌했다.

는 여울이를 보자 당돌이가 부리나케 달려나오며 여울이를 쫓
아냈다. 순둥이에게 오빠는 그렇게 힘이 되고 의지가 되는 존재
였다. 이듬해 봄 당돌이가 영역을 떠난 뒤에도 순둥이는 한동안
이곳에 남았다. 하지만 가을이 되자 다 자란 자식에게 영역을 물
려주고, 자신은 폐차장으로 영역을 옮겼다. 그러나 순둥이는 폐
차장 생활조차 여의치 않았다. 축사고양이의 일원이었던 가만
이와 겨울까지 치열한 영역다툼을 벌였다. 결국 겨울을 보내고
봄이 되면서 순둥이마저 자취를 감추었다.

폐차장으로 간 순둥이.

이 아이는 자라서 ——————

─────── 이렇게 됩니다.

여울이,
꽁치 물어 나르던 어미고양이

2009년 여름이었다. 개울가 집 앞에 네 마리 고양이가 나란히 앉아 한 마리씩 문이 열린 집안을 들락거렸다. 집안(부엌)에 들어간 녀석이 밖으로 나올 때면 하나같이 입맛을 다셨다. 집안에 이 녀석들을 위해 밥을 내놓는 캣맘이 있었던 것이다. 턱시도와 노랑이, 고등어 두 마리. 여울이(2009~2011)는 이곳을 드나드는 고등어 중 덩치가 좀더 작고 입가에 자장이 묻은 고양이였다. 나중에 만난 캣맘에 따르면 턱시도는 고등어 두 마리의 엄마이고, 노랑이는 뒤늦게 이곳에 온 배다른 식구라고 했다.

네 마리 개울냥이의 막내인 여울이는 장난꾸러기에 활달하고 애교가 많은 편이었다. 부엌에서 밥을 먹고 나면 고양이들은 개울집 봉당에 드러누워 낮잠을 청하곤 했다. 그런데 이 평화와 적막을 깨뜨리는 건 언제나 여울이였다. 그날도 여울이는 잠자코 누워 있는 개울이에게 살금살금 다가가 꼬리를 세게 잡아당겼다. 예상하지 못했던 장난에 개울이는 몸을 홱 돌려 여울이의 머리를 한 대 쥐어박았다. 하지만 장난기가 발동한 여울이는 한 번 더 개울이의 꼬리를 잡아당겼다. 결국 폭발한 개울이는 여울이에게 헤드록 공격에 이어 뒷발 걸어차기로 응수했다. 여기서 멈출 여울이가 아니었다. 녀석이 이번에는 그루밍을 하고 있는 노을이의 등뒤에서 느닷없이 펀치를 날렸다. 무방비 상태에서 당한 노을이는 '오냐, 잘됐다'며 연속으로 여울이의 얼굴에 펀치를 퍼부었다. 둘의 싸움은 난투전으로 이어졌고, 엄마가 나타난 뒤에야 싸움이 멈췄다. 이와 같은 풍경은 개울집을 지날 때마다 만나는 것이어서 딱히 특별할 것도 없었다.

개울냥이는 캣맘의 돌봄을 받는 녀석들이어서 나는 녀석들에게 사료 대신 간식이나 가끔 나눠주곤 했다. 고양이와 친해지는 가장 쉬운 방법은 역시 간식을 바치는 것밖에 없는 것 같다. 간식을 실어나른 며칠 만에 녀석들은 나에 대한 경계심을 풀고 마음을 열었다. 마음을 연다는 게 알고 보면 별거 없다. 가령 내 앞에서 녀석들이 온갖 장난을 치면서도 나를 그저 없는 사람 취급하는 거다. 언제부턴가 간식 주는 걸 당연하게 알고 지나가는 나를 동네 아는 형처럼 불러세우는 거다.

어려서부터 장난기가 많았던 여울이는 늘 장난칠 궁리만 했다.

　　정기적인 급식과 간식을 제공받은 덕분에 개울냥이의 겨울나
기는 대체로 수월했다. 여울이의 장난기도 여전해서 툭하면 개
울이와 설원에서 눈싸움과 추격전을 벌였다. 이렇게 장난이 심
한 여울이지만 늦봄에 출산을 하면서 녀석은 완전히 달라졌다.
장난기는 온데간데없고 모성애 가득한 엄마가 되어 있었다. 산
모를 위해 개울집 캣맘은 종종 꽁치를 구워 내놓았는데, 여울이
는 언제나 그것을 먹지 않고 아이들에게 물어다 날랐다. 녀석이
빈집으로 남은 주황대문집으로 들어가는 것을 보고 뒤를 밟아
마당을 살펴보니 아이가 모두 여섯 마리였다. 여울이는 육 남매
를 얼마나 살뜰하게 챙겼는지 이듬해 봄까지도 한 마리의 낙오

새끼들에게 꽁치 물어 나르는 어미고양이.
엄마가 된 여울이는 장난기 쏙 빼고 육아에 전념했다.

217

가 없었다.

그런데 어느 날부턴가 여울이와 아이 몇이 보이지 않아 캣맘에게 물어보니 얼마 전 무지개다리를 건넜다는 것이다. 바로 옆집 옻닭식당을 하는 아주머니가 봄부터 고양이들이 텃밭을 파헤치면 쥐약을 놓겠다고 캣맘에게 수차례 엄포를 놓았다고 한다. 결국 옻닭식당 아주머니가 놓은 쥐약으로 여울이 식구뿐 아니라 내가 밥을 챙겨주던 봉달이라는 고양이마저 고양이별로 떠났다. 여울이가 떠난 자리에는 이제 무럭이, 무던이, 무심이라 이름 붙인 삼 남매 고양이가 엄마의 몫까지 살아내고 있었다.

여울이는 이듬해 봄까지 육 남매 아이를 한 마리의 낙오도 없이 키워냈다.

이 아이는 자라서 ——————

이렇게 됩니다.

여기,
고양이 숲의 요정

고양이 숲이 있다. 차도 없고 사람도 없는 고양이 숲이 있다. 오직 고양이만 이 숲의 주인이다. 이곳에서 고양이는 푹신한 낙엽 더미를 깔고 몸단장을 하다가 낙엽을 덮고 잠을 잔다. 여름에는 우거진 가지와 나뭇잎에 가려 어두운 밀림이 되고, 겨울이면 가지 사이로 파란 하늘이 모자이크처럼 드러나는 숲. 이 숲에서는 고양이가 아무리 날뛰어도 괜찮다. 숲 이쪽에서 저쪽까지 우다다를 하고, 덤불 속에서 숨바꼭질을 하다가 아무 나무나 올라가 사색을 즐겨도 좋다. 여기 고양이 숲이 있다. 그러나 당신은 모르는 게 좋다. 그래야 앞으로도 계속 고양이 숲은 고양이 숲으로 남을 테니까.

역전에 산다고 역전 고양이로 불리는 고양이들은 역전에서 불과 100미터 남짓 떨어진 고양이 숲에서 대부분의 시간을 보냈다. 이 숲은 정확히 말하면 누군가 일부러 조성한 두충나무 숲이었다. 그 숲이 역전 고양이들에게 더없이 훌륭한 은신처이자 놀이터를 제공한 셈이다. 역전 고양이 가족은 어미인 역전댁(고등어)과 삼색이 네 마리, 고등어 한 마리로 구성되어 있었다. 역전 고양이를 처음 만난 건 장마가 끝난 한여름이었는데, 캣초딩 정도 된 아이들이 농가주택 담장과 텃밭을 천방지축 뛰어다니고 있었다. 그런데 그 순간 고추밭을 내달리던 삼색이와 눈이 딱 마주치고 말았다. 녀석은 무슨 괴물이라도 만난 양 화들짝 놀라 길건너편 두충나무 숲으로 사라졌다. 한 마리가 놀라서 도망치자 다른 고양이들조차 이유도 모른 채 후다닥 두충나무 숲으로 내달렸다.

해서 다음날부터 나는 두충나무 숲으로 밥 배달을 시작했다. 이후 그곳은 정말 아무도 모르는, 동네에서 가장 은밀한 급식소가 되었다. 겨울로 접어들면서 다섯 마리였던 아깽이는 삼색이세 마리만 남았다. 어떤 변고가 생겼다기보다 때가 되어 영역을 떠난 것으로 보인다. 나는 고양이 숲에 남은 고양이에게 각각 여기, 저기, 거기란 이름을 붙여주었다. 여기(2010~2012)는 얼굴이 작아서 유난히 눈이 커 보이는 고양이로 미모 또한 뛰어나 '숲의 요정'으로 통했다. 특히 폭설이 내린 겨울이면 두충나무 아래 앉아 있는 여기에게선 후광이 비치는 듯했다. 엄청난 폭설과 혹한에도 여기는 고양이 숲에서 대부분의 시간을 보냈다. 발이 시릴 법도 하건만 녀석은 못 참겠다 싶으면 덤불 속으로 들어가 잠깐 몸을 녹이다 나왔다.

여기는 이듬해 여름 출산을 한 것으로 보이는데, 가을이 되자 노랑 아깽이 한 마리가 껌딱지처럼 따라다녔다. 아깽이는 엄마로부터 어떤 교육을 받았는지, 나만 보면 10미터 앞에서부터 꼬리를 하늘 높이 치켜올리고, 요란한 발라당으로 환영 인사를 대신했다. 아깽이와 보내는 시간이 많아지면서 여기는 예전처럼 고양이 숲에서 오랜 시간을 보내지 않았다. 사람이나 고양이나 엄마로서 육아를 하다보면 다른 생활에 소홀할 수밖에 없는 것이다. 두번째 겨울이 끝나갈 무렵, 여기는 아이를 독립시키고 다시 홀몸이 되었다. 그리고 거짓말처럼 빈번하게 고양이 숲을 찾았다.

봄이 되면서 날벼락 같은 일이 벌어졌다. 어느 날 밥 배달을 갔더니 고양이 숲에 벌목이 한창이었다. 빼곡하게 숲을 이루었던 두충나무가 순식간에 베어지고, 숲은 휑뎅그렁한 벌판으로 변했다. 고양이 숲을 드나들던 고양이들은 보이지 않았다. 당연히 숲의 비밀 급식소도 운영할 수가 없었다. 여기를 다시 만난 건 여

여기는 두충나무가 빼곡한 고양이 숲에서 겨울을 났다.

여기가 처음으로 급식소에 데리고 온 아깽이.

름이 다 되어서였다. 그동안 여기는 두번째 출산을 했는지 삼색
아깽이와 함께 예전에 머물던 농가의 눈썹지붕 위에 앉아 있었
다. 그런데 그날의 만남이 마지막이었다. 다음날 사료배달을 하
러 찾아갔으나 만날 수가 없었다. 이후로 두 번 다시 여기를 만날
수가 없었다.

어려서부터 자체발광 미모를 자랑했던 여기.

이 아이는 자라서

———— 이렇게 됩니다.

장고,
먹이 원정 오던 장모종 고양이

오랫동안 나는 고양이 밥을 배달하느라 거리를 떠돌았다. 거리에서 만난 고양이는 모두가 하나같이 갸륵했다. 어떤 고양이는 거리의 현자처럼 먼 곳을 바라보았고, 또 어떤 고양이는 자연의 수행자처럼 느긋하게 걸어갔다. 나는 그들의 아득한 철학이 거리와 자연에 있음을 믿는다. 내가 만난 고양이들은 자연 속에서 가장 빛났고, 길 위에서 가장 아름다웠다.

장고(2018~2019 원정 중단)는 처가인 다래나무집으로 먹이 원정을 다니던 길고양이다. 다래나무집은 아랫마을과 약 1킬로미터 이상 떨어진 골짜기에 자리해 있는데, 종종 아랫마을에서 이 먼 곳까지 먹이 원정을 오는 고양이들이 있었다. 처음에는 한

두 마리에 불과했으나 나중에는 네댓 마리가 올라오는 경우도 있었다. 장고는 시골에서 보기 드문 장모종 고양이였다. 녀석의 이름이 장고가 된 것도 바로 그 때문이다. 장고를 처음 만난 것은 2018년 여름이었다. 엄마로 보이는 노랑이가 세 마리 아깽이를 데리고 급식소에 나타난 것이다. 그런데 아깽이 중에 장모종 고양이가 한 마리 섞여 있었다.

어미 노랑이는 아깽이를 교대로 데리고 다녔다. 어떤 날은 두 마리, 어떤 날은 달랑 한 마리만 데리고 왔다. 어미 고양이가 급식소에 아깽이들을 교대로 데리고 다니는 경우는 비교적 흔한 편이다. 예전에 우리집으로 밥을 먹으러 오던 또랑이네 식구도 순번제가 있다는 듯 교대로 아이들을 데리고 다녔다. 그렇게 엄마를 따라 먹이 원정을 다니던 장고는 달포 정도 지나면서부터는 혼자서 다래나무집을 찾아왔다. 다래나무집 고양이들은 싸움을 목적으로 방문했던 만두귀(빈대떡)를 제외하면 대체로 외부에서 들어오는 고양이들에 대해 관대했다. 아무래도 사료가 넉넉하다보니 다른 고양이에게 나눠줘도 문제될 게 없었기 때문이다.

흔히 바깥의 고양이 세계에서는 외모가 낯선 장모종 고양이에 대해 경계가 심한 편이다. 더러 무리에서 왕따를 당하거나 공격의 타깃이 되는 경우도 많다. 털이 길면 바깥생활에 적응하기도 쉽지 않다. 도깨비바늘이나 도꼬마리 씨앗이 달라붙어 애를 먹기

아랫마을에서 다래나무집으로 먹이 원정을 왔던 장모종 고양이, 장고.

도 하고, 다른 고양이보다 진드기에 취약할 수밖에 없다. 그러나 다래나무집에서는 일단 장고의 외모를 트집 잡는 고양이는 없었다. 오히려 장고의 먹이 원정이 계속될수록 녀석과 친하게 지내는 고양이들이 늘어갔다. 물론 녀석의 인간에 대한 경계심은 여전했다. 거의 최고 수준의 경계라고나 할까. 녀석은 누가 고양이들에게 사료 인심을 베푸는지 따위는 관심조차 없었다.

장고의 첫겨울은 길고 혹독했다. 눈을 별로 좋아하지 않았던 장고는 폭설이 한 번 내리면 눈이 녹을 때까지 며칠이고 원정을 중단하곤 했다. 어쩌면 그게 녀석에겐 최선이었는지도 모르겠다. 자칫 눈길을 헤쳐 오다가 털이 젖거나 얼어버리면 위험할 수 있기 때문이다. 이래저래 녀석은 무사히 겨울을 나고 봄에도 벚꽃 피는 산길을 걸어 먹이 원정을 왔다. 다만 봄이 되면서 녀석의 원정길은 조금씩 뜸해졌다. 결국 그 봄을 마지막으로 녀석의 먹이 원정은 중단되었다. 어떤 변고가 생긴 것인지, 영역을 떠난 것인지는 알 길이 없었다.

장모종인 장고는 가을을 넘기고 겨울이 다가오자 폭발적으로 털이 부풀고 길어졌다.

3부

고양이 식당 2·3호점 고양이

고래	산둥이	방울이	산둥이·방울이 모자
초롱이	호순이	소냥시대	
껄래이	칠봉이	크림이	호야

이 아이는 자라서 ———————————————————————

이렇게 됩니다.

—————————— 이렇게 됩니다.

고래,
등에 고래가 한 마리

이른봄이었다. 동네 산책을 하다가 전원주택 마당에 여남은 마리 고양이가 앉아 있는 걸 보았다. 2010년 전원 고양이(편의상 전원 고양이가 사는 곳을 고양이 식당 2호점이라 부른다)와의 첫 만남은 그렇게 시작되었다. 이후 나는 일주일에 사료 한 포대씩을 들고 전원 고양이를 만나러 갔다. 이 녀석들과 세번째 만남이었을 거다. 서너 마리 고양이가 마당에 앉아 있었는데, 거기 육지와는 어울리지 않는 고래가 한 마리 앉아 있는 거였다. 흡사 범고래를 닮은 그것은 자세히 보니 고양이 등에 선명하게 나 있는 고래무늬였다. 잠시 후 녀석이 잔디밭에서 나무의자로 폴짝 올라서니 마치 고래 한 마리가 수면 위로 힘차게 솟구쳐오르는 것만 같았다.

세상 하나뿐인 캣타워.

그래서 이 녀석 이름은 고래(2009~2019)가 되었다. 전원 고양이를 돌보는 할머니는 분명 이 녀석을 다른 이름으로 부르고 있었지만, 내가 고래무늬를 가리키자 할머니 또한 고개를 끄덕였다. 할머니에 따르면 고래는 산둥이(할머니는 순둥이라 불렀다), 아롱이와 함께 2009년 가을에 태어났다고 한다. 그러니까 내가 고래를 만났을 때 녀석은 태어난 지 약 6개월 정도 되었던 셈이다. 녀석을 처음 만났을 때의 강렬한 인상 때문인지 나는 전원 고양이 중에 고래 사진을 유난히 많이 찍었다.

고래는 암컷이었다. 어느 봄엔 녀석이 임신해서 출산을 앞두고 있었는데, 비슷한 시기에 출산을 한 '아롱이'라는 고양이가 고래를 쫓아낸 적이 있다. 아마도 녀석은 그곳이 자기 새끼들의 터전이라 여겼던 모양이다. 쫓겨난 고래는 산비탈 덤불 속에 둥지를 틀었지만, 안심이 되지 않는지 자주 전원주택을 기웃거렸다. 그러던 어느 날 밤 아롱이의 해코지에도 아랑곳없이 녀석은 집으로 들어와 마당개 '반야'의 집에 몸을 풀었다. 할머니에 따르면 반야는 과거 고래와 순둥이, 아롱이에게 젖을 먹이며 거의 엄마 노릇을 했다고 한다. "아이고, 근데 이게 뭔 조환지. 다섯 마리 다 죽어서 나왔드라구. 모두 사산을 했어." 할머니가 지켜보면서 죽은 새끼 다섯 마리를 다 받아냈다고. 안타깝지만 이것이 고래의 처음이자 마지막 출산이었다. 이후 고래는 어딘가를 떠돌아다니다가 이따금 나타나 밥을 먹고 사라지기를 반복했다.

어느 봄날 고양이 사료 씹는 소리와 목련 지는 소리를 들으며 2호점 마당에 앉아 있었다.

그 무렵 전원 할머니는 고양이 밥 주지 말라는 이웃의 협박에 못 이겨 이사를 준비하고 있었다. 할머니는 고양이와 정이 들어 이사 가는 곳으로 고양이들을 다 데려가고 싶다며 나에게 하소 연을 했다. 다행히 동물단체와 자원봉사자의 도움으로 전원 고 양이에 대한 TNR과 이주 방사를 성공리에 끝마칠 수 있었다. 당연히 고래도 무사히 수술을 마치고 안전하게 이주 방사되었 다. TNR 후 고래의 모습은 살과 털이 쪄서 예전의 고래무늬는 온데간데없고 가오리무늬가 되어 있었다.

전원 고양이가 이사한 뒤에도 나는 2호점 사료후원을 이어나

고래가 아홉 살 되던 해 찍었던 사진. 어느덧 늙은 고래가 되어 있었다.

갔다. 고양이들은 새로운 환경에 생각보다 빠르게 적응해나갔다. 새로 이사한 곳에는 고양이 밥 주지 말라고 협박하는 이웃이 없어 고양이도 할머니도 마음이 편했다. 2019년 봄이었다. 사료 후원차 할머니 댁에 들렀는데, 할머니께서 담담하게 고래의 소식을 전했다. "아이고, 며칠째 고래가 안 보여서 찾아나섰더니 저기 창고 구석에서 인석이 이렇게 엎드려서 움직이지 않더라구." 녀석이 지구에 온 지 10년, 열한 살의 나이로 녀석은 고양이 별로 떠났다. 아니 어쩌면 심해의 바닷속으로 돌아갔는지도.

출산을 앞두고 있던 고래. 처음이자 마지막 출산이었지만 다섯 마리 모두 사산을 했다.

이 아이는 자라서 ——————

이렇게 됩니다.

산둥이,
전원 할머니가 가장 사랑한 고양이

전원 할머니가 순둥이라 부르는 고양이가 있었다. 내가 따로 밥 주는 고양이 이름도 순둥이였으므로 나는 녀석을 산둥이 (2009~2021)라 불렀다. 사실 2호점 전원 고양이 중엔 하필 내가 다른 곳에서 만나는 고양이와 이름이 같아서 따로 작명을 하는 경우가 많았다. 뭐 가끔 캣맘과 만날 기회가 있어 얘기를 나누다 보면 어떤 구역의 고양이는 밥 주는 사람이 여러 명이라 고양이 이름이 네댓 개인 경우도 있었다고 한다. 고양이 입장에서는 자기가 이렇게 다양한 이름으로 불린다는 사실을 알았을까.

산둥이를 만난 건 2010년이지만, 녀석이 태어난 건 2009년 가을이었다. 전원 할머니는 열댓 마리 전원 고양이 중에서도 산둥이를 가장 예뻐하셨다. 산둥이 또한 자신이 특별대우를 받는

전원 할머니께서는 그 많은 고양이 중에서도 산둥이를 가장 아끼고 예뻐하셨다.

다는 걸 아는지 언제나 할머니 앞에서는 순한 양처럼 몸을 맡겼다. 그런 고양이가 어느 날 집에서 쫓겨나는 일이 벌어졌다. 먼저 새끼를 낳은 아롱이가 출산을 앞둔 고래와 산둥이를 집에서 쫓아낸 것이다. 할머니에 따르면 집 바깥에서 몰래몰래 산둥이 밥을 준 적이 있다고 하는데, 나는 한 달 가까이 녀석을 보지 못했다.

그런 어느 날, 대문 앞에서 울고 있는 산둥이를 만났다. 녀석은 나와 눈이 마주치자 한참이나 발라당을 하더니 저만치 걸어가 다시 발라당을 했다. 내가 가까이 다가서면 녀석은 다시 일어나 몇 미터쯤 걸어가 또 발라당을 했다. 그러기를 네댓 차례. 그제야 나는 녀석의 행동을 짐작할 수 있었다. 녀석은 어디론가 나를 데려가려는 거였다. 내가 본격적으로 녀석을 따라나서자 녀석도 잰걸음으로 앞장섰다. 그리고는 과수원 고랑을 지나 빈 축사 앞에서 걸음을 멈췄다. 그때였다. 눈앞에 조막만한 아깽이 다섯 마리가 오이밭, 고추밭을 내달리며 장난을 치고 있었다. 산둥이가 나를 데려온 목적이 바로 저거였던 것이다. "우리 애들한테 밥 좀 배달해주겠나?"

2호점에서 좀 떨어진 빈 축사에서 출산한 산둥이는
장마철을 맞아 아이들을 이끌고 할머니 댁으로 돌아왔다.

이후 나는 이틀에 한 번 꼴로 그곳에 밥 배달을 했다. 그런데 어느 날 축사에 갔더니 아깽이들이 온데간데없이 사라지고 없었다. 곧 장마가 시작된다는 예보에 걱정이 앞섰다. 심란한 마음으로 전원주택에 들어섰는데, 할머니께서 "글쎄 어젯밤 순둥이가 지 새끼들을 데려왔더라구" 하면서 환하게 웃으셨다. 지금 생각해도 신통한 것이 산둥이가 아깽이들을 데려온 다음날 집중호우로 전국에 물난리가 났다. 할머니께서는 집으로 들어온 산둥이 가족을 위해 뒤란에 비닐을 둘러쳐서 장마에도 끄떡없는 고양이 하우스까지 만들어주셨다. 산둥이네 가족은 이곳에서 무사히 여름을 났다.

산둥이의 출산과 육묘는 이때가 처음이자 마지막이었다. 이사를 결정한 할머니가 이 녀석만은 꼭 데려가야 한다고 해서 산둥이와 방울이(아들)를 가장 먼저 포획해 TNR을 했기 때문이다. 산둥이는 새로 이주한 곳에서도 할머니의 사랑을 듬뿍 받고 자랐다. 할머니는 문을 열고 나오면 가장 먼저 산둥이부터 찾았다. 한번은 사료후원을 갔는데, 할머니가 한숨을 내쉬며 산둥이 걱정을 하는 거였다. "아이구 순둥이가 뼈만 남은 것 같아서 황태도 삶아 먹이고 했는데, 나이가 들어 그렁가. 기력이 없어 보여." 하지만 녀석은 사료를 내려놓는 나를 보며 한참이나 발라당을 했다. "아이구, 그래도 기특하게 이선생을 알아보네." 할머니

2호점 대문 앞에 마중나온 산둥이.

도 한참이나 산둥이를 보며 웃었다. 산둥이는 이 세상에서 자기를 가장 사랑해주는 할머니와 함께 12년을 살았다. 산둥이에게도 할머니와 함께한 12년은 행복한 시간이었을 것이다.

가을이라 산둥이의 눈도 노랗게 단풍이 들었다.

이 아이는 자라서

이렇게 됩니다.

이렇게 됩니다.

방울이,
주둥이가 하트

2011년 봄 방울이(2011~현재)를 만났다. 엄마인 산둥이의 심상찮은 신호(걸음을 옮겨가며 발라당하던 행동)를 따라가 만난 다섯 마리 아깽이 중 한 마리가 바로 이 녀석이다. 방울이는 다섯 마리 아깽이 중 가장 먼저 나에게 거리를 좁혀준 고양이이기도 하다. 축사에 머무는 20여 일간 사료를 배달할 때마다 녀석은 언제나 가장 먼저 달려와 나를 마중하곤 했다. 턱시도인 녀석은 코 주변에 둥그렇게 흰 털이 나 있어 얼핏 보면 주둥이가 하트 모양으로 보였다. 해서 나는 녀석을 방울이보다 하트냥으로 부를 때가 더 많았다. 하루는 녀석의 사진을 아내에게 보여줬더니 동화책에 나오는 바둑이를 닮았다며, 강아지 사진을 찍어온 게 아니냐고 의심했다.

　축사에 머무는 동안 아깽이들은 지름이 20센티미터도 안 되는 배수구를 은신처로 삼았다. 내가 사료를 가져갈 때마다 녀석들은 그 안에서 한 마리씩 걸어나오곤 했는데, 나에게는 정말 심장이 아픈 구경거리였다. 배수구에서 무슨 요정이 한 마리씩 걸어나오는 줄 알았다. 가끔은 서로 먼저 나오겠다고 두 마리가 입구에서 실랑이를 벌였다. 이 또한 놓칠 수 없는 촬영 포인트였다. 밥을 다 먹고도 녀석들은 배수구 주변에 옹기종기 앉아 그루밍을 하거나 텃밭을 돌아다니며 장난을 쳤다. 텃밭에서 녀석들이 걸음을 옮길 때마다 상추밭 요정, 고추밭 요정, 오이밭 요정으로 변했다.

　방울이가 다시 전원주택으로 돌아갈 때는 작은 해프닝도 있었다. 전원주택 뒷마당에 다른 아깽이들은 다 있는데, 녀석만 보이지 않는 거였다. 녀석이 보이지 않는데도 산둥이는 태평하게 아이들과 함께 밥을 먹고 있었다. 나의 공연한 걱정이 풀린 건 잠시 후였다. 밥을 다 먹은 산둥이가 다시 축사로 돌아가서는 메~에 하면서 방울이를 불렀다. 그러자 빈 축사 안에 숨어 있던 방울이가 좁은 구멍 사이로 쏙 고개를 내밀었다. 그러고는 엄마를 향해 냐아앙~ 하고 길게 울었다. '왜 이제야 오냐'는 원망의 소리가 틀림없었다.

외출 갔던 엄마가 돌아오자 축사에 숨어 있던 방울이가 고개를 쏙 내민다.
주둥이가 하트 모양이어서 녀석의 별명은 하트냥이었다.

산둥이는 혼자 남아 있던 녀석의 불안함을 달래려는 듯 한참
이나 얼굴을 핥아주었다. 방울이는 엄마를 따라 걸음을 옮기면
서도 뭐가 그리 서러웠는지 냐앙냐앙 울면서 따라갔다. 그렇게
방울이도 한발 늦게 전원 고양이의 일원이 되었다. 당시 전원주
택에는 아롱이와 꼬맹이, 호순이(소냥시대 고등어 암컷)도 출산

엄마인 산둥이와 캣맘인 전원 할머니의 사랑을 듬뿍 받고 자란 방울이.

을 해서 그야말로 아깽이 대란이 일어났다. 그런데 이것이 오히려 산둥이네 아깽이들이 전원주택에 적응하는 데는 커다란 도움이 되었다. 아깽이들끼리는 경계심이 별로 없어 고만고만한 니 새끼 내 새끼가 막 한데 뒤엉켜 요란하게 놀았다.

전원 할머니가 이웃의 협박에 못 이겨 이사를 하게 되면서 방울이도 엄마와 함께 새로운 곳으로 이주 방사되었다. 새로운 곳에서의 새로운 삶. 방울이는 이주하자마자 이 새로운 영역의 새로운 대장고양이가 되었다. 할머니가 이사한 곳은 아랫마을과 1킬로미터 이상 떨어진 산중이었는데, 더러 산고양이들이 할머니 집을 드나들었다. 방울이는 이 녀석들이 밥을 먹는 것까지는 묵인해주었지만, 아예 이곳을 차지하려는 행동에 대해서는 강력하게 대응했다. 사실 본격 야생의 삶을 살아온 산고양이에게는 아무리 덩치가 큰 방울이도 상대가 되지 못하겠지만, 녀석은 특유의 기세와 허세로 전원 고양이의 영역을 굳건하게 지켰다.

올해로 방울이의 나이 열세 살. 할머니와 함께 이주한 열두 마리 고양이는 하나둘 고양이별로 떠나 현재는 방울이와 호순이, 두 마리만 남았다고 한다. 얼마 전 이곳에 사료후원을 갔다가 방울이를 만났는데, 녀석도 이제 나이가 들었는지 마당에 누워 간신히 굼뜬 눈인사를 건넸다. 축사 배수구를 뒤뚱뒤뚱 걸어나오던 조막만한 아깽이가 어느새 이렇게 늙은 고양이가 된 것이다.

방울아! 부디 이제껏 그래온 것처럼 씩씩하고 건강하게 살아서 지구에서의 소풍이 아름다운 추억이 되기를 바란다.

방울이의 나이는 올해로 열세 살. 여전히 할머니와 함께 살고 있다.

이 아이들은 자라서 —————————

───────────────────────── 이렇게 됩니다.

산둥이·방울이 모자,
11년을 함께하다

마당에서 길고양이를 돌보던 전원 할머니와 처음 만난 건 13년 전인 2010년이다. 우연히 길을 가다 마당에 여남은 마리 고양이가 앉아 있는 것을 보고 사료후원을 시작한 것이 지금까지도 계속되고 있다. 할머니가 산 너머 마을로 이사할 때는 고양이들을 데려가고 싶다고 해서 나는 동물단체와 자원봉사자의 협조를 받아 열두 마리 고양이의 TNR과 이주 방사를 도와드렸다. 할머니가 이사한 곳은 마을에서도 한참 떨어진 산중 외딴집이었다. 할머니께서는 사료후원을 갈 때마다 "여기가 교통은 불편해도 마음만은 편하다"고 말씀하셨다. 고양이에 대한 협박이 없는 것만으로도 살 만하다고.

이사한 뒤에도 할머니는 아랫마을까지 내려가 길고양이 밥을

아롱이에게 쫓겨난 축사 시절의 산둥이·방울이 모자.

주거나 집 앞 산고양이 밥을 따로 챙겨주었다. 뿐만 아니다. 해마다 가을이면 할머니는 마대자루를 가지고 다니며 밤과 도토리를 주워와 말려놓았다. 그 이유가 놀라웠다. 겨울에 눈이라도 뒤덮으면 고라니며 너구리 같은 산짐승이 먹을 게 없어진다며 미

2호점으로 다시 돌아온 산둥이·방울이 모자.

리 먹이 저장을 해놓았던 것이다. 실제로 한겨울 눈이 내릴 때마다 할머니는 가까운 산을 다니며 여기저기 먹이를 뿌리고 오셨다. 하지만 몇 년 전 고관절을 다치는 바람에 할머니는 더이상 거동을 할 수 없게 되었다. 올해로 89세인 할머니. 그나마 다행인건 당신의 따님께서 지금은 할머니 대신 고양이 밥을 챙겨주고 있다는 것이다.

할머니는 전원 고양이 중에 산둥이를 가장 살뜰히 챙겼다. 할머니께서 산둥이와 방울이를 꼭 데려가고 싶다 하신 말씀도 있었지만, 이주 당시 산둥이와 방울이의 포획이 가장 수월하기도 했다. 심지어 산둥이 녀석은 "할머니 사는 곳으로 가자" 하면서 엉덩이를 툭툭 쳤더니 알아서 이동장에 들어갔다. 방울이 또한 엄마가 들어가는 걸 보고는 그 옆에 있던 포획틀에 스스로 들어갔다. 애당초 두 녀석 모두 할머니를 따라가려는 마음이 간절했는지도 모르겠다. 고양이도 자기를 좋아해주는 마음을 모를 리가 없다.

산둥이와 방울이는 모자지간이다. 전원주택에서 쫓겨났다가 귀환했고, TNR과 이주 방사를 거치면서도 둘은 11년이란 세월을 함께했다. 17년째 사료배달부로 살지만, 바깥생활을 하는 어미냥과 아들냥이 같은 공간에서 11년을 함께한 경우는 처음 본다. 11년이나 함께 지낸 모자를 이렇게 사진으로 남기는 것도 보기 드문 일일 것이다. 아마도 이사 오기 전 중성화수술을 받은 것, 그리고 할머니의 특별한 사랑이 있었기에 가능했던 일이라 여겨진다. 산둥이는 2년 전 고양이별로 떠났고, 현재는 방울이만 할머니 곁에 남았다.

산둥이·방울이 모자는 전원 할머니의 보호 아래 11년을 함께했다.

이 아이는 자라서 ———————————

이렇게 됩니다.

초롱이,
엄마인 산둥이와 판박이

초롱이(2011~2022)는 산둥이가 낳은 아이로 방울이와 한배에서 태어났다. 산둥이네 아깽이들은 꼬물이 시절 축사 앞 배수구를 은신처로 삼았다. 이게 말이 은신처이지 놀이터나 다름없었다. 툭하면 녀석들은 이 작은 구멍을 들락거리며 장난을 쳤다. 배수구 앞 과수원까지 우다다를 하고 오이밭과 상추밭에서 숨바꼭질을 즐기기도 했다. 밖에서 놀다가 인기척이나 발소리라도 나면 녀석들은 혼비백산 우왕좌왕 배수구로 숨어들었다. 이곳은 위낙에 작은 구멍이라 큰 고양이도 들어갈 수 없는 곳이었다. 그때만 해도 녀석들에겐 이 축사와 배수구와 텃밭이 세상의 전부였다.

축사에서 어린 시절을 보낸 초롱이는 배수구를 은신처로 삼았다.

산둥이가 아깽이들을 데리고 전원주택으로 들어가면서 녀석
들은 새로운 세계와 만났다. 더 많은 고양이와 인간과 음식을 만
났다. 초롱이는 어려서부터 표정이 풍부하고 활달한 고양이었
다. 약간의 공주병도 있어서 사진을 찍고 있으면 언제나 맨 앞으
로 나와 주인공 역할을 했다. 다분히 카메라를 의식하는 고양이
였지만, 녀석의 행동은 너무나 자연스럽고 당연했다. 내가 다른

분홍코 요정. 초롱이의 첫겨울.

고양이를 찍고 있을 때도 녀석은 돌발행동을 하거나 관심을 끄는 행동을 함으로써 카메라를 자기 쪽으로 돌리는 능력이 있었다.

초롱이는 함께 태어난 고양이 중에 엄마인 산둥이를 가장 많이 닮은 고양이이기도 했다. 어릴 때는 몰랐는데, 커가면서 점점 녀석은 엄마와 판박이처럼 닮아갔다. 형제 중에선 방울이와 늘 단짝처럼 어울렸다. 전원 할머니는 자주 고양이들과 낚시놀이를 즐겼는데, 방울이가 특히 낚시광이었다. 낚시놀이가 있는 곳이면 언제나 방울이가 있었고, 낚아채거나 점프하는 솜씨도 워낙에 뛰어났다. 하지만 초롱이는 역시 남이 관심받는 꼴을 오래

초롱이는 산둥이네 아이들 중에서도 엄마를 가장 많이 닮은 판박이 고양이였다.

보고 있는 성격이 아니었다. 해서 방울이가 점프를 하거나 낚아
채려고 할 때면 늘 훼방꾼으로 초롱이가 등장하곤 했다.

　전원 할머니가 이사할 때 초롱이 또한 TNR 후 이주 방사되었
다. 그리고 역시 이곳에서도 여전히 미모와 귀여움을 담당했다.
새로 이사한 산중에 정착하면서 전원 고양이들의 활동폭은 예
전보다 훨씬 넓어졌다. 개중에는 1킬로미터나 떨어진 아랫마을
까지 내려가는 녀석도 있었고, 몇 시간씩 산중을 헤매다 오는 녀
석도 있었다. 하지만 초롱이는 멀리 가는 것보다 가까운 곳에서
인간의 관심을 받는 걸 더 좋아했다. 그렇게 할머니 곁에서 녀석
은 11년을 살았고, 열두 살이 되던 해 고양이별로 떠났다.

초롱초롱한 눈망울과 빛나는 외모를 자랑하던 초롱이.

이 아이는 자라서 ——————————————————

이렇게 됩니다.

호순이,
소냥시대의 센터

호순이(2010~현재)는 소냥시대의 유일한 암컷이자 유일한 고등어무늬 고양이다. 소냥시대는 2010년 늦여름에 태어난 여섯 마리 고양이로 호순이는 이 그룹의 센터나 다름없었다. 노랑이들 틈에서 유일한 고등어인 탓에 녀석은 유독 눈에 띄었다. 사실 전원 고양이의 역사는 소냥시대 이전과 이후로 나눠도 별 무리가 없다. 이 녀석들이 걸음마를 떼고 마당에 진출하는 순간부터 전원주택은 그야말로 야단법석, 난장판이 되었다. 여섯 마리 아깽이가 단체로 몰려다니며 어른 고양이들에게 장난을 쳤고, 눈에 보이는 모든 것을 물어뜯었다. 녀석들은 밥 먹을 때와 잠잘 때 빼곤 잠시도 가만있지 않았다.

호순이는 소냥시대 멤버 중 유일한 암컷이자 유일한 고등어였다.

　　겨울이 되면서 소냥시대 멤버들은 그야말로 폭풍성장을 해서 덩치는 이미 성묘나 다름없었다. 특히 녀석들은 마당에 있는 모든 나무를 정복하고야 말겠다며 이 나무 저 나무 닥치는 대로 올라가곤 했다. 그중에서도 마당 한가운데 있는 감나무는 녀석들의 전용 캣타워나 다름없었다. 녀석들이 이 나무를 얼마나 오르내렸던지 거북이 등껍질 같아야 할 나무껍질이 반질반질할 정도였다. 나무에 올라가서도 녀석들은 잠시도 가만있지 않았다.

나무에 매달린 채 한 손으로 난투극을 벌이고, 위에 올라간 고양이 꼬리를 물고, 나무에서 창고 지붕으로 건너뛰는 모험도 서슴지 않았다. 호순이도 예외가 없었다. 녀석은 상대적으로 올라가기 힘든 가지 많은 전나무를 골라 거의 꼭대기까지 올라가곤 했다.

몇 차례 폭설이 내리고 강추위가 이어지자 대다수 전원 고양이들은 데크에 올라가 일광욕을 했지만, 새파랗게 젊은 소냥시대 멤버들은 추운 줄도 모르고 눈밭을 질주했다. 어려서부터 드리블을 좋아했던 호순이는 눈밭에서도 아랑곳없이 골프공 놀이를 즐기곤 했다. 골프공이 눈에 묻혀 안 보이면 굴러갈 만한 모든 것을 굴리며 드리블을 대신했다. 봄이 되면서 질풍노도의 시기인 소냥시대 멤버들은 탈선을 서슴지 않았다. 전원주택 마당이 좁다고 툭하면 마당을 뛰쳐나가 들과 산을 쏘다녔다. 이 무렵 호순이는 집 뒤란에 다섯 마리의 새끼를 낳았다. 그러나 장마를 거치면서 두 마리를 잃고 세 마리 아깽이만 남았다. 당시 산둥이는 물론 아롱이까지 출산을 해서 마당에 왁자지껄 뛰어다니는 아깽이들이 뉘 집 자식인지 구분이 안 갈 정도로 많았다.

사실 전원 고양이 TNR을 실시하게 된 결정적인 이유도 갑자기 좁은 마당에 묘구수가 늘어났기 때문이다. 게다가 할머니가 이사를 가기로 결정하면서 이왕이면 이사하기 전에 TNR을 실시하는 게 좋을 것 같았다. 2주 넘게 이어진 TNR 시기에 몇몇

2호점 마당에 있는 감나무는 전원 고양이들의 전용 캣타워나 다름없었다.

호순이의 첫겨울. 녀석의 몸집은 성묘만큼 자랐으나, 어리광은 여전했다.

고양이는 포획을 피해 아예 전원주택을 떠났지만, 대부분의 고양이는 수술을 받고 이곳에 남았다. 호순이도 무사히 TNR을 마치고 할머니와 함께 이주한 고양이 그룹에 합류했다. 그러나 출산과 육묘 기간을 거치고, TNR과 이주 방사를 차례로 겪으면서 호순이는 다소 우울한 성격으로 바뀌었다. 어쩌면 나이가 들면서 자연스럽게 바뀐 것일지도 모르겠다.

그래도 나무를 타는 건 여전히 좋아해서 녀석은 종종 이사한 집 앞 참나무에 올라가 한참을 앉아 있곤 했다. 혼자 아랫마을까

단풍나무 새순이 돋고, 호순이의 미모도 물이 올랐다.

지 마실을 다녀오거나 산속을 헤매다 올 때도 많다고 한다. 얼마 전에도 사료후원차 할머니 댁에 들렀더니 방울이만 혼자 마당에 앉아 있고 녀석은 보이지 않았다. 건강이 나빠진 할머니를 대신해 고양이를 돌보는 따님께서 요즘 호순이 얼굴 보기가 힘들다며 말씀하셨다. "호순이는 자꾸 어딜 돌아다니다 들어와요. 이제 여기도 방울이랑 호순이 둘만 남았네요." 호순이가 전원 고양이의 일원으로 살아온 지 어느덧 13년. 사람 나이로 치면 70대 노인이 다 되었다.

전원 고양이의 일원으로 살아온 지 어느덧 13년. 호순이는 전원 고양이 중에서도
가장 오래 할머니 곁을 지키는 고양이로 남았다.

이 아이들은 자라서

1년 후

──────────────── 이렇게 됩니다.

소냥시대,
장난을 치기 위한 그룹

2010년 늦여름 아롱이가 여섯 마리 새끼를 낳았다. 고등어가 한 마리, 나머지는 모두 노랑이였다. 9월 첫날 전원주택에 들렀더니 할머니께서 새끼들이 눈을 떴다며 박스 안을 가리켰다. 박스 안에는 여섯 마리 꼬물이가 서로 뒤엉켜 삑삑거리고 있었다. 이 녀석들을 다시 만난 건 정확히 35일 후였다. 천사가 따로 없는 여섯 마리 아갱이. 녀석들은 데크에 서로 몸을 맞대고 앉아 그 초롱초롱한 눈으로 사진을 찍는 낯선 인간을 바라보았다. 나는 거리를 유지한 채 숨까지 참아가며 셔터를 눌렀다. 여기서 한발이라도 다가서면 녀석들은 혼비백산 달아날 것만 같았다. 내가 더이상 다가오지 않는 걸 확인하자 녀석들은 경계심도 없이 하나둘 졸기 시작했다.

천사가 따로 없는 여섯 마리 아깽이로 구성된 소냥시대.

그냥 바라보는 것만으로도 행복하고 마음이 몽글몽글해지는 풍경. 당시 최고의 인기를 누리던 '소녀시대'도 울고 갈 고양이계의 소냥시대. 유치찬란하게도 그날 이후 나는 이 녀석들을 소냥시대라 불렀다. 나중에 알았지만 이 그룹의 멤버들은 고등어만 빼고는 모두 수컷이었다. 이 녀석들의 어린 시절은 마치 장난을 치기 위해 이 세상에 온 것만 같았다. 녀석들은 잠에서 깨어나

자마자 장난을 치기 시작해 다시 잠들 때까지 내내 장난을 쳤다. 옆에 엄마가 있을 때면 더 기고만장해졌다. 두려워서 차마 발길을 떼지 못했던 대문 나들이도 서슴없이 나서고, 마당개 반야에게 가서 털을 잔뜩 부풀리며 허세를 부리기도 했다. 분갈이를 해야 할 봄도 아닌데, 몇몇 녀석들은 화분 앞에 둘러앉아 제멋대로 분갈이를 해놓았다. 어떤 녀석은 아예 화초를 들어낸 자리에 꽃처럼 앉아 있었다. 그런데도 이 녀석들 차마 혼을 낼 수가 없다. 혼을 내면 일제히 쪼르르 도망쳤다가는 혼낸 사람이 사라지면 다시 냥냥거리면서 또 같은 장난을 쳤다. 갑자기 조용해져 주변을 살펴보면 이 녀석들 언제 그랬냐는 듯 새근새근 천사처럼 잠들어 있다.

소냥시대 재롱을 보고 있으면 언제나 시간 가는 줄 몰랐다. 한 번은 폭설 후 한 녀석이 두 발로 서서 2미터 이상 걸어가는 걸 목격한 적이 있다. 어쩌면 인간 몰래 누군가는 뒷짐을 지고 두 발로 마당을 산책하고 있을지도 모르겠다. 봄이 되자 소냥시대 멤버들은 더욱 활기에 넘쳤다. 마당에 나비만 한 마리 날아다녀도 그것을 사냥하려는 녀석들의 대소동이 벌어졌다. 벚꽃과 목련이 질 때면 마당에서 우다다를 하거나 술래잡기를 하느라 한바탕 '마당놀이'가 펼쳐졌다. 하지만 흥분이 고조된 녀석들은 놀이판을 기어이 싸움판으로 끌고 가곤 했다. 온갖 격투기 기술과 화려한 동작이 난무했고, 나중에는 대여섯 마리가 뒤엉켜 대체 누가

한겨울에도 성업중인 감나무 캣타워.
녀석들이 이 나무를 얼마나 오르내렸던지 나무껍질이 다 반들반들해졌다.

누구와 싸우는지도 알 수가 없었다.

사실 가족끼리 이런 싸움장난은 실전을 대비한 학습으로 가정 교육의 중요한 과목이라 할 수 있다. 실제로 이 무렵 입가에 '카레'가 묻은 동네 대장고양이가 자주 전원 고양이를 습격했는데, 그때마다 이곳을 지켜내기 위해 발 벗고 나선 고양이들은 소냥시대 수컷들이었다. 소냥시대 그룹이 해체된 것은 이사를 위해 전원 고양이에 대한 대대적인 TNR을 실시한 게 결정적이었다. 2주 이상 포획과 수술로 인한 뒤숭숭한 분위기가 이어지면서 몇몇은 아예 영역을 떠나버렸다. 그리고 이주 방사 과정에서 또 몇몇이 전원주택을 떠났다. 소냥시대 멤버 중에선 호순이만 유일하게 할머니를 따라 이주하게 되었다.

엄마 아롱이와 소냥시대 멤버들. 첫겨울을 나면서
여섯 마리 아깽이 중 한 마리는 고양이별로 떠났다.

이 아이는 자라서 ───────────────────

이렇게 됩니다.

껄래이,
건방지고 껄렁한 게 좋았다

고양이 식당 3호점 노랑대문집 고양이와의 인연은 2014년 봄에 시작되었다. 우연히 차를 타고 지나다 고양이 여러 마리가 노랑대문집으로 들어가는 걸 보고 무작정 따라가봤더니 여남은 마리 고양이가 치킨집에서 얻어온 음식을 먹고 있었다. 그날부터 사료후원을 하게 되었고, 지금까지 인연을 이어오고 있다. 이곳 캣대디에 따르면 자신이 밥 주는 고양이가 적을 때는 20여 마리, 많을 때는 30여 마리에 이른다고 한다. 껄래이(2016~2019 영역 떠남)는 바로 노랑대문집 단골 고양이로 2016년 봄에 처음 만났다. 처음 만났을 때부터 녀석의 행동이 아주 껄렁껄렁해서 '껄렁이'라고 부르던 것이 언제부턴가 친숙하게 '껄래이'라고 부르게 되었다.

껄래이가 껄렁하게 짝다리 짚고 앉아 있는 모습.

　노랑대문집에는 유난히 회색고양이가 많았는데, 껄래이의 엄마 또한 회색고양이였다. 껄래이와 형제인 칠봉이도 회색이, 나중에 태어난 고양이 중에도 회색이가 두 마리나 더 있었다. 여기선 회색 유전자가 우성인자라도 되는 모양이다. 껄래이는 이름처럼 껄렁껄렁한데다 살짝 건방지고 불량스러우며 장난기가 다분한 고양이였다. 어려서부터 롤모델인 노랑이 형님을 졸졸 따라다니며 곧잘 형님이 하는 행동을 따라 하다 혼쭐이 나곤 했다. 뿐만 아니라 지나가는 고양이 아무나 붙잡고 시비를 거는 게 일상이었다. 물론 시비를 거는 상대가 늘 베테랑 고양이들이어서 뒤통수를 얻어맞기 일쑤였지만, 녀석은 굴하지 않고 다시 시비를 걸었다.

껄래이는 고양이로서는 보기 드문 표정 연기의 달인이기도 했다. 윙크부터 음흉한 미소, 엽기 표정까지 녀석의 흉내는 실로 풍부하고 다양했다. 녀석은 굳이 성격유형으로 치자면 극ENFP에 가까웠다. 아무 고양이한테나 놀자고 야옹거리고, 언제나 텐션이 넘쳐흘렀다. 나는 녀석의 그런 점이 좋았다. 언제 어디서나 명랑하고 쾌활한 고양이. 하지만 녀석은 자라면서 특유의 껄렁함과 장난기를 잃고, 자신감마저 잃어버렸다. 어떤 특별한 계기가 있었다기보다 세상이 그렇게 만든 것 같다. 이 세상이 얼마나 험하고 야박한 곳인지 녀석은 너무 일찍 알아버렸다. 어릴 때는 이 녀석이 자라면 동네 대장은 떼어놓은 당상이라 생각했지만, 막상 성묘가 되어서는 '쫄보'가 되어버린 고양이. 성묘가 된 뒤에는 급식소에서조차 늘 마지막에 밥을 먹는 고양이.

내가 노랑대문집에 가면 늘 캔을 따서 먹이곤 했는데, 언제나 마지막 차례인 껄래이가 먹을 때쯤엔 캔이 남아 있지도 않았다. 해서 나는 녀석을 위해 늘 여분의 캔을 남겨두곤 했다. 그게 고마웠던지 녀석은 자주 내 앞에 앉아 있었고, 사진을 찍을 때도 가장

내가 따로 캔을 챙겨주는 게 고마웠던지 녀석은
3호점 고양이 중에서 촬영에 가장 협조적이었다.

협조적이었다.

이 녀석을 마지막으로 본 건 2019년 여름. 내가 따준 캔을 맛있게 먹고는 상추밭으로 달려간 게 마지막 모습이었다. 그런데 6개월 후인 2020년 초 겨울, 차를 타고 가다가 껄래이와 똑같은 녀석을 만났다. 노랑대문집이 있는 곳에서 약 1킬로미터는 떨어진 곳이었는데, 눈이 퍼붓고 있는 논두렁을 허위허위 걸어가고 있었다. 반가운 마음에 차창을 열고 껄래이, 껄래이 하면서 몇 번이나 이름을 불러봤지만 녀석은 끝내 돌아보지 않았다.

어린 시절 명랑하고 쾌활한 성격의 껄래이는
자라면서 특유의 껄렁함도 잃고, 자신감마저 잃어버렸다.

이 아이는 자라서 ——————

이렇게 됩니다.

칠봉이,
앙상한 아깽이가 건강한 성묘로

고양이의 시간은 빠르게 지나간다.

엄마 젖을 먹던 아깽이가 한숨 자고 일어나면

훌쩍 커버린 성묘가 되는 것처럼.

고양이의 시간은 순식간에 지나가버린다.

칠봉이(2016~2017 행방불명)는 껄래이와 형제지간이다. 껄래이처럼 회색고양이이긴 한데 마치 젖소고양이처럼 무늬가 있는 회색냥이다. 노랑대문집 급식소에서 칠봉이를 처음 봤을 때만 해도 녀석은 허피스(감기와 같은 호흡기 질환)로 인해 몰골이 말이 아니었다. 얼굴은 콧물과 눈곱으로 얼룩져 있고, 몸은 뼈만 앙상하게 남아서 저게 곧 죽지 싶었다. 하지만 녀석은 살려고 하는 의지가 대단했다. 사료에 캔을 비벼주면 악착같이 달려들어 게걸스럽게 먹어치웠고, 허피스에 도움이 될까 해서 내놓은 라이신 섞은 캔밥도 눈 깜짝할 사이에 비워내곤 했다.

확실히 잘 먹는 고양이가 허피스도 잘 이겨내는 것 같다. 녀석은 2개월 정도 지나자 얼굴이 몰라보게 깨끗해졌고, 몸에 살도 붙어 어엿한 캣초딩이 되어 있었다. 곧 죽을 것만 같았던 아깽이가 악착같이 밥을 먹고 조금씩 살이 붙어 어엿한 고양이로 성장해가는 모습을 보면 그동안의 사료배달이 헛되지 않았구나, 조금은 위안이 된다. 밥을 배달하고 고양이 사진을 찍으며 받았던

어려서 뼈만 앙상하게 남았던 칠봉이는
두어 달 라이신 섞은 캔밥을 먹고 어엿한 캣초딩으로 성장했다.

꾸준히 급식소를 드나들며 몰라보게 깨끗하고 건강해진 칠봉이.

주변의 눈총과 이런저런 상처도 한순간에 사라진다. 사실 무수한 고양이들이 질병과 배고픔의 고비에서 도움의 손길을 받지 못해 별이 되곤 한다. 모든 성장한 길냥이는 무사히 성묘가 되었다는 것만으로 기적이라 할 수 있다.

언제부턴가 칠봉이는 내가 밥 배달을 갈 때면 어김없이 대문 앞에서 발라당을 하곤 했다. 녀석은 내가 먹을 걸 가져다주는 사람이란 걸 아는 것 같았다. 캔을 따주거나 사료를 후원하긴 해도 직접 고양이들에게 밥을 퍼주는 역할은 캣대디가 하고 있는데도 나에게 늘 발라당으로 고마움을 표현하곤 했다. 하지만 이 녀석 내가 가까이 다가가는 건 절대 허용하지 않았다. 일정거리 이상으로 내가 근접하면 발라당이고 뭐고 서둘러 자리를 뜨곤 했다.

이 녀석을 마지막으로 본 건 2017년에서 2018년으로 넘어가는 겨울쯤이었다. 한동안 녀석이 보이지 않아 캣대디에게 물어보니 윗집에서 고양이 밥을 주지 말라며 협박을 하는 것도 모자라 몇 번에 걸쳐 사냥개 두 마리를 풀어놓았다고 한다. 그 개들이 여러 번 급식소를 습격해 고양이를 공격했다는 것이다. 그때부터 단골 고양이 네댓 마리가 보이지 않는다고. 이후 칠봉이도 급식소에 모습을 드러내지 않았다. 희생을 당한 건지, 영역을 아주 떠난 건지는 알 수가 없다. 그냥 개가 싫어서 녀석이 영역을 떠난 것이라면 좋겠다. 그렇게 믿고 싶다.

어려서 병약했던 아깽이가 건강하게 성묘가 되는 것만으로
나는 사료배달의 보람을 느낀다.

이 아이는 자라서 ———————

이렇게 됩니다.

크림이,
어쩌다 땅콩소년단

크림이(2016~2019 행방불명)를 처음 만난 건 2016년 여름이었다. 당시의 첫인상은 그저 천진난만 귀여움 그 자체여서 넋을 잃고 바라보았던 기억이 있다. 녀석은 크림색 밀크티를 연상시키는 털색이어서 더욱 눈에 띄었다. 노랑이도 아니고 흰둥이도 아닌 말 그대로 우윳빛깔 고양이. 그 때문일까. 녀석은 유난히 눈과 잘 어울렸다. 크림이의 첫겨울엔 폭설이 잦았는데, 녀석은 늘 눈을 두려워하기보다 즐기는 편이었다. 노랑대문집에는 20여 마리가 넘는 고양이가 드나들었지만, 폭설이 내리는 날이면 대부분 헛간채 지붕 아래서 눈을 피했다. 눈을 피하지 않고 즐기는 고양이는 무리 중에 고작 서너 마리에 불과했다. 크림이가 바로 그 멤버 중 한 마리였다.

그러나 눈을 좋아하는 여느 고양이들과 크림이는 좀 다른 면이 있었다. 대체로 눈을 좋아하는 녀석들이 설원을 질주하거나 눈밭에서 서로 뒤엉켜 장난을 치는 반면 크림이는 언덕에 올라가 혼자 멀거니 눈을 구경하거나 공연히 오는 눈을 맞으며 개울가를 어슬렁거렸다. 녀석의 그런 모습은 누가 봐도 우아한 아가씨처럼 보였다. 하지만 녀석은 곱상한 외모와 어울리지 않게 땅콩이 튼실한 청년이었다. 하긴 어릴 때부터 녀석을 보아온 나도 가끔은 녀석의 성별을 오해하곤 했다.

크림이는 약간 소심하고 온순한데다 사람에 대한 경계심도 많았다. 내가 1~2주에 한 번씩 노랑대문집을 방문해 캔을 따줄 때에도 녀석은 항상 저만치 거리를 두었다. 밥을 다 먹고 무리와 어울리다가도 내가 다가서면 슬금슬금 도망을 쳤다. 녀석이 세 살되던 해 겨울, 첫눈이 오는 날이었다. 그날은 아직도 기억이 새록새록하다. 평소 단짝처럼 지내는 노랑이 수컷이 크림이에게 다가가 코인사를 건네더니 서로 꼬리를 맞대고 환영 세리머니를 펼쳤다. 두 녀석은 볼 때마다 사이가 좋았는데, 이날은 특히 작정한 듯 한참이나 춤을 추었다. 오랫동안 합을 맞춘 듯 둘의 안무는 동작이 딱딱 맞아떨어졌다.

그야말로 환상적인 공연이었다. 나는 데뷔가 임박한 이 녀석들에게 즉석에서 땅콩소년단PTS이란 별명까지 붙여주었다. 가

크림이는 단짝 노랑이와 땅콩소년단PTS을 결성했다.

만 보니 주로 노랑이가 크림이에게 적극적으로 스킨십을 시도
하고, 크림이는 마지못해 응하는 모습이었다. 아무렴 어떤가. 사
료배달에 지친 나에게는 그것이 더없이 갸륵한 위문공연이 되
었다. 이후에도 땅콩소년단은 종종 급식소를 코앞에 두고 길거
리 공연을 선보였다. 가끔은 단짝 노랑이 말고 새로 급식소 출입
을 하게 된 신참 노랑이와도 안무를 맞췄는데, 역시 단짝 노랑이

와의 퍼포먼스는 따라갈 수가 없었다.

하지만 그해 겨울을 끝으로 땅콩소년단의 공연은 더이상 열리지 않았다. 노랑대문집 캣대디에 따르면 고양이를 싫어하는 윗집에서 여전히 사냥개를 풀어놓는가 하면 개울 건너 마을에서도 가끔 목줄 풀린 개들이 급식소를 습격했다고 한다. 그렇게 개들이 한 번씩 습격하고 나면 꼭 한두 마리 이상의 고양이들이 '멀리' 떠났다고 한다. 물론 크림이가 그 희생양이 되었다는 증거는 찾을 수가 없다. 다만 한바탕 개의 습격이 일어난 뒤부터 녀석이 보이지 않는 것만은 확실하다. 부디 녀석이 어디선가 살아 있기만을 바랄 뿐이다.

말 그대로 우윳빛깔 고양이, 크림이.

이 아이는 자라서 ──────────

이렇게 됩니다.

호야,
캣대디가 구조한 흰둥이

2014년 시작된 노랑대문집 사료후원은 어느덧 10년이 다 되어간다. 그동안 노랑대문집 캣대디에게는 많은 일들이 있었다. 고양이를 싫어하는 이웃이 툭하면 사냥개를 풀어 고양이를 습격하게 했고, 2019년 겨울에는 화재가 나서 살던 집이 잿더미로 변했다. 그러잖아도 두 번에 걸친 수술로 건강이 별로 좋지 않은 그였다. 그럼에도 캣대디는 고양이 돌보는 일을 포기하지 않았다. 시골에서 캣대디로 살아가는 게 얼마나 힘들고 외로운 일인지 나는 잘 알고 있다. 동병상련의 마음이랄까. 말이 통하지 않는 이웃들에게 미친놈 소리를 들어가면서도 차마 고양이를 외면할 수 없는 마음. 울분을 가라앉히고 주섬주섬 고양이 밥을 챙기는 마음.

호야(2021~현재)를 처음 만난 건 2021년 여름이었다. 사료후원차 노랑대문집을 방문했는데, 캣대디가 컨테이너 집(화재로 살림채가 전소되면서 컨테이너 생활을 하고 있었다)에서 고양이 한 마리를 안고 나타났다. 온몸이 하얗고, 정수리에만 숯검정이 살짝 묻은 아깽이였다. 집 뒤란에서 구조한 아깽이라고 했다. 사연인즉 이랬다. 집 뒤란에서 고양이 울음소리가 들려 가보니 눈곱이 끼어 눈도 제대로 못 뜨는 아깽이 한 마리가 울고 있더라는 것이다. 그대로 두면 안 될 것 같아서 집안으로 데려와 눈곱을 닦고 밥을 먹이며 함께 지내는 중이라고. 이 녀석의 엄마도 급식소 단골인데, 하얀 아깽이만 네 마린가 낳고 급식소를 드나들었다. 캣대디는 호야를 데려온 뒤에도 엄마가 밥을 먹으러 올 때면 꼭 녀석을 안고 나가 엄마한테 인사를 시켰다.

어느 정도 상태가 호전되면서 호야는 집 안팎을 자유롭게 오가는 생활을 했다. 그런데 재미있는 사실은 호야가 자주 형제들을 집안으로 데리고 들어왔고, 가끔은 엄마까지 들어와서는 호야가 잠자는 방을 휘 둘러보곤 했다. 한동안 떨어져 있었음에도 호야와 형제들은 거리감이 없었다. 밥도 같이 먹고 감나무도 같이 올라가고 텃밭에서 숨바꼭질도 같이 했다. 솔직히 형제들과 어울리는 호야를 보면 다 같은 흰둥이라서 누가 누군지 구분이 가지 않는다. 캣대디도 그게 헷갈렸는지 호야에게만 목줄을 하

그래도 여러 번 만난 구면이라고 쯔쯔쯥쯥 하고 부르니 하늘 높이 꼬리 치켜들고 다가온다.

털을 세워도 귀여움은 어쩔 수가 없구나.

는 것으로 구분해놓았다.

어려서부터 캣대디의 보살핌을 받아서인지 호야는 사료후원
을 온 나에게도 곧잘 살갑게 굴었다. 무릎에 올라오는 건 기본이
고 사진을 찍고 있을 땐 카메라 줄을 잡아당기는 장난도 쳤다. 눈
곱과 콧물로 몰골이 말이 아니었던 녀석은 캣대디의 정성과 보

"사료와 사랑을 보내준 언니, 오빠들! 고마운 마음은 귀여움으로 보답하겠다냥!"

살핌으로 어느덧 세 살이 되었다. 그리고 지금도 집 안팎을 오가며 자유로운 생활을 이어가고 있다.

호야는 온몸이 하얗고, 정수리에만 숯검정이 살짝 묻어 있다.

4부

집에서 만난
고양이

몽롱이　　　　　너굴이

아롬　　　　　　아쿠

아톰　　　　　　랭보

이 아이는 자라서 ———————————

이렇게 됩니다.

이렇게 됩니다.

몽롱이,
겨울 철새처럼

2010년 12월 첫눈이 내리던 날이었다. 삼색이 어미와 턱시도 새끼가 마당에서 밥을 먹고 있었다. 거실문을 열고 내다보는데도 둘은 경계심도 없이 마저 밥을 먹고 데크로 올라와 눈을 피했다. 몽당이·몽롱이(2010~2015) 모자와의 첫 만남이었다. 하지만 엄마인 몽당이와의 인연은 길지 않았다. 이듬해 여름 고양이들이 텃밭을 파헤친다고 이웃집에서 놓은 쥐약으로 인해 몽당이는 아득한 별이 되었다. 몽당이가 떠난 뒤 몽롱이도 한동안 보이지 않았다. 그때만 해도 나는 녀석이 엄마와 함께 무지개다리를 건넌 줄 알았다. 하지만 그해 단풍도 끝물인 11월, 몽롱이가 식당에 나타났다. 그것도 무슨 개선장군처럼 "이리 오너라!"고 함을 치며 나타났다. 나는 곧바로 녀석에게 고봉밥을 대령했다.

몽롱이가 단풍이 곱게 내린 늦가을 급식소를 찾았다.

녀석이 한동안 나타나지 않은 건 아무래도 엄마의 죽음이 영향을 끼쳤을 것으로 보인다. 다시 돌아온 몽롱이의 심경에도 적지 않은 변화가 있는 것 같았다. 고래고래 목청을 높이며 식당에 들어서는 것은 변함이 없지만, 예전에 비해 부쩍 경계심이 심해졌다. 사진을 찍을 때도 일정거리 이상 다가오는 것을 허락하지 않았다. 식당에서 밥을 먹다 다른 고양이라도 나타나면 녀석은 황급히 산으로 줄행랑을 쳤다. 사람뿐만 아니라 고양이에 대한 경계심도 심해진 것이다. 그럼에도 몽롱이는 이곳에서 무사히 두번째 겨울을 났다.

그런데 봄이 되어 텃밭 농사가 시작되자 몽롱이는 온데간데없이 자취를 감추었다. 이번에는 정말로 영역을 떠난 것일까. 다시 겨울이 와서 마을 여기저기 김장을 하던 어느 날이었다. 장을 보고 들어오는 길이었는데, 식당 계단에 떡하니 몽롱이가 앉아 있었다. 그렇게 또 몽롱이는 이곳에서 겨울을 났다. 상식적인 고양이의 행동으로는 설명이 되지 않는 일이었다. 이런 상식에 어긋난 몽롱이의 행동은 무려 4년간 이어졌다. 정확하게는 세 번이나 영역을 떠났다가 찬바람이 불면 철새처럼 돌아와 이곳에서 겨울을 났다. 믿을 수가 없었다. 녀석은 쥐약이 없는 겨울이 오히려 안전하다고 여겼던 걸까.

다시 돌아온 마지막 겨울, 몽롱이의 행동은 그동안과는 사뭇

몽롱이는 마당에 머물다가도 다른 고양이가 나타나면
허겁지겁 산으로 도망치곤 했다.

달랐다. 녀석은 고봉밥을 내놓아도 먹지 않고, 데크에 한참을 앉
았다가 조용히 마당을 떠났다. 하염없이 눈발이 날리는 날이었
다. 그때는 그게 녀석의 마지막 모습이란 걸 알지 못했다. 이후로
녀석은 두 번 다시 식당에 발을 들여놓지 않았다. 어쩌면 녀석은
그동안 고마웠다고 인사를 하러 온 건지도 모르겠다. 아니 애당
초 녀석은 영역을 떠나지 않았었는지도. 이곳에 계속 머물며 겨

울에만 모습을 드러낸 건지도. 아무튼 그렇게 몽롱이는 떠나서 돌아오지 않았다. 고양이를 만난 후로 가장 이상한 경험이었고, 가장 이상한 기분이었다.

4년간 세 번에 걸쳐 철새처럼 겨울에만 급식소를 찾아오던 몽롱이.

이 아이는 자라서 ——————

이렇게 됩니다.

너굴이,
전원 고양이 출신

2011년 봄부터 웬 고등어 한 마리가 산에서 내려와 태연자약 밥을 먹고는 다시 산으로 올라가곤 했다. 녀석은 일말의 주저함도 없이 밥을 먹고 더러 파라솔 그늘에 누웠다가 유유히 사라졌다. 마치 너구리처럼 산에서 내려왔다가 볼일을 보고 다시 산으로 올라가는 바람에 나는 녀석을 '너굴이'(2010~2013 영역 떠남)라고 불렀다. 한번은 내가 데크에서 분리수거를 하고 있는데, 녀석이 옆에 와서는 야옹야옹 말참견을 보탰다. 뭐지? 뭔데 알은체를 하지? 분명 처음인데 처음 같지 않은 기분.

곰곰 생각해보니 녀석은 2호점 전원 고양이 출신이었다. 전원 고양이가 사는 2호점과 우리집 사이에는 야트막한 산이 하나 있었는데, 직선거리로는 불과 400미터 남짓이었다. 사람이 다니

어쩐지 녀석은 우리집을 드나들면서 너무나도 당연하고 자연스럽게 행동했다.

는 길이 없을 뿐, 고양이 입장에서는 그리 멀지 않은 거리라 할
수 있다. 그러니까 녀석은 전원주택에서 산 너머 이쪽으로 영역
을 옮긴 것이다. 녀석이 나를 보고 구면인 것처럼 대한 것도 그
때문일 것이다. 사료후원을 갈 때마다 나를 보았을 것이고, 영역
을 옮겨보니 하필 그곳에 내가 살고 있었던 것이다.

　녀석을 보고도 곧바로 알아보지 못한 건 순전히 기억력이 나

쁜 내 탓이다. 뒤늦게 사진을 정리하면서 나는 어린 시절 너굴이의 사진을 제법 많이 찍었다는 사실을 알게 되었다. 녀석을 사진으로 처음 찍은 것은 2010년 여름이었다. 잔디밭에 앉아 있는 녀석의 모습이 꽤 여러 컷 찍혀 있었다. 사실 2호점에는 20마리 안팎의 전원 고양이가 있어서 누군가 영역에서 밀려나도 크게 티가 나지 않았다. 2011년 1월까지만 해도 녀석은 전원 고양이 무리에 섞여 있다가 2~4월 사이 영역을 옮긴 것으로 추정된다.

고양이가 새로운 영역에 정착하기 위해선 기존 영역에서 살아온 고양이와 어떤 식으로든 관계 설정 및 영역 조정이 필요한 법

전원 고양이의 일원이었던 너굴이는 2호점에서 묘생 첫겨울을 보내고,
이른봄 우리십 근저로 영역을 옮겼다.

2호점 마당에서 찍었던 너굴이 사진. 너굴이가 처음
우리집에 왔을 때 나는 녀석을 알아보지 못했다.

이다. 싸워서 쟁취하든, 타협해서 평화협정을 맺든 그건 이해관계가 얽힌 고양이들 간의 분쟁이어서 인간이 끼어들 수가 없다. 당시 우리집 최고의 단골손님은 몽롱이였는데, 녀석은 너굴이가 등장할 때마다 산으로 도망치곤 했다. 너굴이 또한 밥을 먹다가 '조로'란 대장고양이가 나타나면 삼십육계 줄행랑을 쳤다. 몽롱이가 성묘가 된 뒤에는 가끔 식당 앞에서 너굴이와 기싸움을 벌이기도 했지만, 마지막에 꼬리를 내리는 건 언제나 몽롱이였다.

너굴이는 우리집을 단골로 드나들면서 두 번의 겨울을 났다. 그러는 동안 몽롱이와의 껄끄러운 관계는 최대한 급식시간을 조정하는 것으로 타협을 본 듯했다. 서로 식당 이용시간을 달리함으로써 둘은 서로 마주치는 것을 최소화했다. 녀석에겐 영역을 차지해 대장이 되겠다는 권력의지도 없는 듯했다. 당시 조로를 물리치고 새롭게 대장이 된 '단발머리'의 그림자만 보여도 녀석은 기겁을 하고 숨어버렸다. 녀석을 마지막으로 본 건 2013년 장마철이었다. 장마가 다 끝나고 단풍이 지는데도 녀석은 끝내 나타나지 않았다.

"뭐여, 시방! 어디서 꽁치 굽는 거 같은디…"

이 아이는 자라서 ————————

이렇게 됩니다.

이렇게 됩니다.

아롬,
우아한 공주님

2년간 우리집에 단골로 드나든 아비시니안 고양이가 있었다. 나는 그냥 녀석을 아비라고 불렀다. 하지만 녀석이 어미가 될 몸이었음을 나중에야 알았다. 어느 봄, 아비가 세 마리의 아깽이를 데리고 급식소에 나타난 것이다. 자신과 똑 닮은 아비시니안 주니어를 필두로 고등어와 삼색이가 뒤따랐다. 나는 아비를 닮은 녀석에게는 아톰, 고등어는 아쿠, 삼색이에겐 아롬(2020~2021 이사)이라는 이름을 붙여주었다. 아롬이만 암컷이고 아쿠와 아톰은 수컷이었다. 그날 이후 세 마리 아깽이는 엄마를 따라 매일같이 먹이 원정을 왔다.

아롬이는 아쿠와 아톰에 비해 경계심이 많은 편이었다. 아쿠와 아톰이 사나흘 만에 경계심을 풀고 쓰다듬을 허락한 반면 아

아롬이는 언제나 우아한 공주님처럼 급식소에 와서도
데크에만 살포시 앉았다 가곤 했다.

롬이는 마지막까지 나의 손길을 허락하지 않았다. 다른 아이들이 밥을 먹고 데크에서 뒹굴고 우다다를 하다가 낮잠까지 자는 반면 아롬이는 밥만 먹고 휑하니 가버리는 새침데기 공주였다. 아비가 한창 아이들을 데려올 무렵 장마가 시작되었는데, 아비는 비를 핑계로 아쿠와 아톰을 아예 이곳에 맡기고 혼자서 집으로 돌아가곤 했다. 아롬이는 비가 내리는 날이면 아예 발 젖는 게 싫다며 거동조차 하지 않았다. 장마철 내내 아쿠와 아톰은 우리

놀기 좋아하는 아톰과 아쿠는 언제나 도도하게 앉아 있는
아롬이에게 장난을 걸고 수작을 부렸다.

집에서 지냈다. 알고 보니 아비가 일찌감치 아쿠와 아톰을 우리 집으로 독립시킨 거였다.

아비는 장마철이 끝난 뒤에도 아롬이만 데려왔다가 아롬이만 데리고 집으로 갔다. 사실 아비는 나 말고도 돌보는 이가 따로 있었다. 출산을 하고 몇 달 뒤 TNR까지 시킨 걸 보면 단순히 밥만 주는 캣맘은 아닌 것 같았다. 그렇게 돌봄을 받으면서도 아비는 식사만은 꼭 우리집에 와서 해결했다. 우리집에서 맨날 밥을 먹으면서도 녀석은 잠은 또 그곳에 가서 잤다. 녀석이 그렇게 이중 생활을 한다는 것을 돌보는 이도 대충은 알고 있을 것이다.

장마가 끝나면서 아롬이는 부쩍 이곳에서 보내는 시간이 많아졌다. 아쿠, 아톰과 어울려 노는 시간도 많아졌고, 나에 대한 경계심도 한결 누그러졌다. 아쿠와 아톰은 데크에서 주로 드리블 놀이를 즐겼는데, 방울토마토, 도토리, 으름 열매 등 굴러가는 것이면 무엇이든 가져와 놀았다. 아롬이 또한 드리블을 좋아해 공주님께서 친히 텃밭에 납시어 방울토마토를 따오곤 했다. 녀석들에겐 쥐돌이가 없어도 자연의 모든 것이 놀잇감이었다. 특히 가을이면 수돗가에 잔뜩 떨어진 도토리를 가져와 드리블하는 바람에 마당이며 데크에 온통 도토리가 나뒹굴었다.

가을이 되어 선선한 바람이 불자 아비네 가족은 마당과 데크를 종횡무진 누비며 우다다를 선보였다. 밥을 먹고 나면 아톰과 아쿠가 먼저 마당을 질주해 소나무에 오르고, 엄마인 아비도 덩

달아 경중거리며 체통 없이 놀았다. 유일하게 아롬 공주님만 방정맞은 우다다 따위는 할 수 없다며 우아하게 소나무에 올라 마당을 내려다보았다. 하지만 그걸 그냥 두고 볼 아톰과 아쿠가 아니었다. 두 녀석은 합동으로 아롬이에게 다리를 걸고 장난을 치면서 '무수리 본능'을 유도했다. 결국엔 아롬이마저 두 녀석의 꾐에 넘어가 한동안 경거망동 오두방정 우아한 콘셉트를 내팽개쳤다.

한겨울 연이어 폭설이 내리자 아쿠와 아톰은 물 만난 고기처럼 눈밭을 질주하고 눈싸움을 즐겼다. 그러나 우리의 공주님께선 눈이 오는 것도, 눈밭에 나가 노는 것도 싫어하셨다. 하여 눈이 오면 아예 바깥 행차를 자제하셨고, 제설이 끝난 뒤에야 급식소에 와서 데크에만 살포시 앉았다 가셨다.

잦은 폭설과 북극발 최강 한파에도 아씨네 삼 남매는 무사히 겨울을 났다. 그리고 다시 찾아온 봄. 몇 년 전부터 준비하고 있던 이사가 결정되었다. 독립을 한 아쿠와 아톰은 이사하는 곳으로 데려가기로 했고, 돌보는 이가 있는 아비와 아롬이는 그냥 두고 가기로 했다. 이사 전날 아비에게는 그동안 고마웠다고, 아씨 형제는 데려가겠다고 마지막 인사를 나눴다. 그런데 다음날 한창 이삿짐을 나르고 있는데, 아롬이가 친히 행차하셨다. 녀석은 집안으로 들어오지는 못하고 저만치 둑방에서 이사하는 모습을

그래도 가끔은 아롬이도 아쿠와 아톰의 꾐에 빠져 무수리 본능을 드러내곤 했다.

지켜보고 있었다. 이삿짐을 싣다 말고 나는 아롬이와 눈을 맞추며 잘 지내라고, 엄마 옆에 꼭 붙어 있으라고 눈빛으로 마음을 전했다. 때마침 어여 가시라고 가랑비가 내렸다.

아롬이가 그나마 좋아하는 놀이는 으름 열매나
도토리, 방울토마토로 드리블을 하는 거였다.

이 아이는 자라서 ——————

—— 이렇게 됩니다.

아쿠,
감성 충만한 묘생

2020년 봄, 아비가 아깽이 세 마리를 급식소에 데려왔다. 아비는 데크에 앉아 있는 나에게 다가오더니 이야옹, 이야옹 하면서 새끼들을 불렀다. 세 마리 아깽이가 뒤란에서 풀쩍 데크로 올라오더니 엄마에게 다가왔다. 하지만 엄마 옆에 내가 앉아 있는 걸 발견한 아이들은 혼비백산 뒤란 풀숲으로 달아났다. 다시 한 번 아비는 뒤란으로 가서 아이들을 불렀다. 그러자 수풀 속에서 앙냥냥거리며 세 마리 아깽이가 뛰쳐나왔다. 아쿠, 아톰, 아롬이와의 첫 대면이었다.

아쿠(2020~현재)는 아씨 삼 남매 중 가장 먼저 나에게 마음을 열고 몸을 맡긴 고양이다. 식당 출입 사흘 만에 녀석은 나에게 와서 볼을 부비고 어서 만져보라며 목덜미까지 내주었다. 아쿠는

"마당은 이미 접수했으니 이제 너의 마음을 접수하겠다옹!"

아깽이 시절 삼 남매 중 가장 호기심이 많고 장난도 심한 녀석이었다. 데크에 올려놓은 빨간 코팅 장갑을 두 번이나 물고 가 어딘가에 숨겨놓았으며, 기둥에 고정해놓은 깃털 낚싯대를 하루 만에 망가뜨렸다. 그러나 아톰에게 서열에서 밀려나면서 기가 한 풀 꺾였고, 점점 소심한 성격으로 바뀌었다. 아쿠와 아톰은 가끔 티격태격 서로 토라질 때도 있지만, 대부분은 사이가 좋았다. 마당놀이와 우다다, 나무 타기도 함께하고, 먹고 자는 것도 언제나 함께했다.

장마철이 되면서 아비는 아쿠와 아톰을 우리집으로 독립시켰다. 그해 장마는 54일이나 비가 내린 최장기간 장마였다. 두 녀석은 장마철 내내 데크에 마련한 박스집에서 보냈다. 비가 오면 출타를 꺼리는 아롬이와 달리 아비는 장마기간에도 꾸준히 우리집을 찾았다. 아쿠와 아톰은 엄마가 식당에 나타나면 버선발로 뛰쳐나가 꼬리를 곧추세우고 앙냥냥거렸지만, 독립을 시킨 이후로 아비는 아이들에게 일부러 거리를 두었다. 얼마 전까지만 해도 아이들을 데려와 살뜰하게 챙기던 모습은 온데간데없었다. 다만 아쿠와 아톰이 데크와 마당을 오가며 뛰어노는 모습을 말없이 바라보곤 하였다.

아쿠와 아톰은 자연에서 찾은 놀잇감으로 정말 창조적으로 놀았다. 방울토마토와 도토리를 가지고 노는 것은 그렇다 치고, 으름 열매를 가지고 노는 건 참으로 신기할 따름이었다. 드리블할 때, 으름의 불규칙한 모양이 불규칙한 바운드를 만들어내는 걸 이 녀석들은 즐기는 것 같았다. 심지어 녀석들은 나무에 올라가 직접 으름을 따곤 했다. 놀잇감으로 어떤 게 적당한지 몰라 그냥 닥치는 대로 으름을 따는 걸 내가 여러 번 목격했다.

가을로 접어들면서 아쿠와 아톰은 자주 벌개미취 꽃밭에서 숨바꼭질을 즐겼다. 숨바꼭질이라고 해봐야 기껏 꽃그늘에 숨었다가 상대를 놀라게 하는 게 전부인데도 두 녀석은 체력이 다할 때까지 이 놀이를 즐겼다. 가끔은 놀이의 끝이 안 좋을 때도 있었다. 주로 엄벙덤벙한 아톰이 꽃밭에 몸을 움츠렸다가 점프하며 상대를 덮치는 과정에서 늘 너무 과격하게 아쿠를 덮치는 바람에 사달이 나곤 했다. 그럴 때마다 아쿠의 삐침으로 놀이는 강제 종료되었고, 아톰은 미안한 기색으로 아쿠의 뒤만 졸졸 따라다녔다. 사실 아쿠가 가장 좋아하는 놀이는 낚시놀이다. 아쿠는 멀리 외출했다가도 낚싯방울 소리만 들리면 한달음에 달려왔다. 보통 아톰은 낚시놀이를 할 때 서너 번 점프를 하고는 나가떨어지지만, 아쿠는 여남은 번이나 연속 점프를 하고도 지친 기색조차 없다. 때문에 나는 팔이 아프도록 낚싯대를 흔들어야 했고, 까다로운 아쿠의 요구에 맞춰 수시로 난도 조정을 해야 했다.

아씨 삼 남매의 첫겨울은 유난히 폭설이 잦았는데, 마침 집 앞

아깽이 시절부터 낚시놀이를 좋아했던 아쿠는
성묘가 된 지금도 낚시놀이에 진심이다.

이 바로 논이었다. 폭설이 내린 논자락은 그대로 설원이 되었고, 아쿠와 아톰은 이곳에서 거의 매일같이 영화를 찍었다. 녀석들이 주로 즐겨 하는 종목은 눈밭에서 나뒹굴며 서로를 넘어뜨리는 막싸움이었다. 시간과 룰도 없이 녀석들은 뒤엉켜 싸움을 하다가 한 녀석이 도망치면(주로 아쿠가 먼저 도망침) 잡기놀이로 종목이 바뀌었다. 잡기놀이를 하다 흥이 돋으면 내친김에 눈이 쌓여 미끄러운 나무를 타며 스릴을 즐겼다.

아톰이 단순 과격하고 엄벙덤벙 성격인 반면 아쿠는 섬세하고 감성적인 면이 있었다. 봄이 되어 마당에 복사꽃이 만발했을 때, 아쿠는 자주 나무에 올라 꽃구경을 했다. 아톰이 그저 나무에 오

눈이 살짝 덮여 미끄러운 나무도 기어이 오르고야 마는 아쿠.

365

아쿠가 산벚나무에 올라 벚꽃 구경을 하고 있다.

르는 게 목적이라면 아쿠는 나무에 올라 꽃구경을 하는 게 목적
일 때가 많았다. 복사꽃이 피고 질 때까지 약 2주 정도 아쿠는 정
말 발바닥이 닳도록 복숭아나무를 오르내렸다. 어쩌면 이날을
위해 내가 복숭아나무를 심은 것처럼 아쿠는 내게 식목의 기쁨
을 누리게 해주었다.

그 무렵, 몇 년 동안 팔리지 않던 집이 팔려 이사를 하게 되었
는데, 별다른 고민 없이 아쿠와 아톰을 데려가기로 했다. 두 녀석
을 포획하고 이동하는 데 큰 어려움은 없었다. 걱정은 새로 이사
한 낯선 곳에서 과연 잘 적응할까였다. 두 녀석의 적응을 돕기 위
해 나는 울타리 철망을 설치한 야외 창고까지 만들었다. 여기서
달포가량 적응기간을 거친 뒤 방사할 예정이었다. 다행히 창고
문을 개방한 뒤에도 아쿠와 아톰은 비교적 수월하게 낯선 환경
에 적응했다. 처음 며칠은 집 주변을 탐색하고 조금씩 반경을 넓
혀가면서도 일정 시간이 지나면 창고로 되돌아왔다. 창고에 캣
타워와 선반, 스크래처와 고양이집을 두었고, 밥과 간식도 창고
에서만 주었으므로 녀석들은 이곳을 유일한 집으로 여기는 듯
했다.

아쿠는 여전히 꽃과 눈을 좋아해서 봄이면 야산의 산벚나무에
오르고, 겨울이면 집 마당에서 뒷산까지 우다다를 하며 폭설을

즐긴다. 다만 여름의 폭염만은 여전히 적응이 안 되는지 창고 그늘에 껌딱지처럼 들러붙어 옴짝달싹도 하지 않는다. 이제 이사를 한 지도 어언 2년이 지나 아쿠는 태어난 곳보다 이곳에서 더 오랜 날들을 살았다. 녀석은 현재 네 살이고, 여전히 아톰과 함께 감성 충만한 묘생을 살고 있다.

아쿠 녀석, 내가 눈사람 만드는 걸 지켜보더니
자기도 눈고양이를 만들겠다며 나섰다.

이 아이는 자라서 ————

──────────── 이렇게 됩니다.

아톰,
나를 웃게 만드는 고양이

아톰(2020~현재)은 아쿠와 형제지간이다. 한배에 태어났어
도 녀석은 아쿠와 모든 면에서 다른 편이다. 우선 먹성 좋은 아톰
은 아쿠보다 두 배쯤 더 먹고, 몸집과 얼굴은 아쿠보다 1.5배는
커 보인다. 아쿠가 섬세하고 감성적인 성격이라면 아톰은 엄벙
덤벙 조급한 성격이다. 하지만 사람을 대할 때만은 아톰이 아쿠
보다 다정한 편이다. 아깽이 시절에는 분명 반대였던 것 같은데,
자라면서 아톰은 점점 다정해졌고, 아쿠는 살짝 까칠해졌다. 가
끔 나 대신 아내가 밥을 줄 때면 아톰은 언제나 먼저 다가와 볼을
부비고, 아쿠는 선반에서 못마땅하게 눈길만 주고 만다.

아쿠가 주로 낚시놀이에 진심인 반면 아톰은 낚시놀이에 건성
이다. 아톰은 어쩌다 한두 번 낚싯줄을 흔드는 정성을 생각해 예

2020년 봄 아비가 처음으로 아씨 삼 남매를 데려와 인사를 시켰다.

의상 점프를 하고는 멀찍이 물러나 구경만 하는 스타일이다. 아톰은 드리블이나 우다다를 할 때도 좀 과격한 편이다. 특히 눈을 좋아하는 녀석은 눈이 내리면 강아지처럼 뛰어나가 눈밭에서 놀았는데, 늘 함께 나온 아쿠를 제물로 삼았다. 자신의 몸무게는 생각하지 않고 눈밭에서 기습적으로 뛰어올라 아쿠를 깔아뭉개곤 했던 것이다. 제아무리 날쌘돌이라도 느닷없는 기습공격에는 당할 재간이 없는 법이다. 아쿠도 눈을 좋아하는 편이지만, 아톰에는 비할 바가 아니다. 아톰은 아쿠가 상대해주지 않아도 혼자서 설원의 눈을 다 녹일 듯 뛰어다니고, 몸통까지 쌓인 폭설에도 아랑곳없이 무슨 유격훈련이라도 하는 양 설산을 누비고 다닌다.

조상이 열대지역 출신인 아비시니안 2세가 그럴 리 없건만 하는 행동만 보면 영락없는 시베리안 혈통이다. 하필 녀석의 묘생 첫겨울은 사나흘 간격으로 폭설이 내렸고, 눈이 녹을 새도 없이 한파가 이어졌다. 그 겨울을 나는 동안 아톰은 무지막지하게 털을 찌워 얼핏 보면 회색곰이 따로 없을 정도였다. 덩치만 보면 이 구역 대장 '할애비'를 해도 모자랄 것 같았지만, 정작 봄이 다가오면서 아톰은 당시 대장인 '짜장이'에게 온갖 수모를 당했다. 한번은 짜장이에게 쫓겨 소나무 위에 올라갔다가 바닥에 떨어

"얘들아, 밥 먹자!" 하고 부르면 우다다 냥발굽 소리가 지축을 흔들며 어느새 아톰이 내 앞에 도착해 있다.

아이고, 꼬리로 눈 쓸어도 되겠다.

지는 바람에 발목을 삔 적도 있었다.

　이사가 결정되면서 가장 먼저 TNR을 생각한 것도 그 때문이었다. 혹시라도 아톰과 아쿠가 짜장이에게 쫓겨 영역을 떠나는 것을 막으려면 TNR밖에는 방법이 없었다. 당연히 아쿠와 아톰뿐만 아니라 짜장이도 수술을 해야만 이 구역의 평화가 가능한 거였다. 실제로 세 마리 수컷의 TNR이 끝나자 평화까지는 아니더라도 죽일 듯한 싸움은 더이상 벌어지지 않았다. 아톰과 아쿠의 이주 방사도 순조롭게 진행되었다. 포획시 이동장에 마타타비 가루를 뿌려놓았더니 두 녀석이 동시에 들어가는 바람에 그냥 그대로 차에 옮겨 실었을 뿐이다.

　적응을 돕기 위한 달포간의 창고생활도 아톰은 처음 사나흘만 구석에 숨었을 뿐, 곧바로 호기심 가득한 눈빛으로 창고 밖의 낯선 환경을 구경했다. 본래 고양이 이주 방사시 적응을 위한 임시공간은 반드시 필요하다. 그리고 이 임시공간은 밖이 훤히 보일수록 고양이의 적응에도 도움이 된다. 실제로 아톰은 창고를 개방했을 때 2~3일 만에 주변 환경을 숙지한 듯했다. 심지어 여기저기 냄새와 흔적을 통해 마당 급식소에 드나드는 고양이들의 이동경로와 신상정보까지 파악한 듯했다.

　당시 내가 걱정했던 건 한 집 건너 이웃집에서도 마당에 고양이 급식소를 운영하고 있었는데, 이곳에 머물고 있는 고양이들(네 마리)과의 관계였다. 굳이 따지자면 이웃의 고양이들이 이

장난기 쏙 빼고 본격 단풍 구경에 나선 아톰.

영역의 터줏대감이고, 아톰과 아쿠는 침입냥에 가까웠다. 이미
터를 잡은 고양이들이 텃세를 부린다 한들 아씨 형제는 할 말이
없을 것이었다. 이주 초기만 해도 아톰은 자기 덩치만 믿고 가끔
이웃 고양이들과 기싸움을 벌이곤 했다. 그러나 이웃집에도 산
전수전 다 겪은 노랑이가 있어서 아톰과의 기싸움에서 한 치도
밀리지 않았다. 두 녀석이 그렇게 목청을 높이고 대치할 때마다
나는 중간에서 발을 구르며 싸움을 말려보고, 아톰을 번쩍 안아

다 창고에 다시 집어넣곤 했다. 하지만 시간이 흘러 지금은 서로가 보이지 않는 경계선을 두고 가급적 충돌하지 않으려고 애쓰는 것 같다. 이웃집 노랑이의 기세가 워낙에 등등해서 언제부턴가 아톰의 기세가 한풀 꺾인 측면도 있어 보인다.

아톰과 아쿠는 분명 길고양이 출신이지만, 지금은 절반이 마당고양이라 할 수 있다. 두 녀석의 안전을 위해 창고생활을 우선으로 하되 그동안 살아온 생활습관을 존중해 바깥생활을 병행하고 있다. 대체로 이른 아침 창고문을 개방해 자유롭게 뛰어놀게 하고, 오후에는 녀석들을 불러들여 창고문을 닫는다. 밥과 간식은 창고에서만 주기 때문에 "아톰, 밥 먹자" 하면서 박수를 짝짝짝 치면 먹보 아톰은 먼 곳에 있다가도 한달음에 달려와 창고로 들어간다. 문제는 아쿠인데, 녀석은 밥으로 꼬드겨도 잘 안 넘어오는 편이다. 해서 녀석은 좋아하는 낚싯대를 한참 흔들어준 뒤에야 창고에 넣을 수 있다.

아비가 데려올 때만 해도 솜털이 보송보송한 아깽이였던 아톰은 어느덧 네 살이 되었다. 생각해보면 이 녀석 때문에 나는 참으로 많이 웃었던 것 같다. 웃을 일 없는 세상에 나를 웃게 만드는 고양이. 많이 먹어도 상관없으니 부디 녀석이 오래오래 내 곁에 머물러주길 바랄 뿐이다.

"날씨도 좋은데, 실컷 복사꽃 구경이나 해볼까?"

이 아이는 자라서 ———————————————

이렇게 됩니다.

랭보,
어쩌다 우편배달부

2008년 가을쯤이다. 연립주택 공터에서 삼색이 한 마리가 뼈만 남은 치킨을 먹고 있었다. 가만 보니 그 옆에는 어미 노랑이가 새끼로 보이는 네 마리 노랑이와 함께 있었다. 노랑새댁네 고양이들과의 첫 만남이었다. 그날 이후 나는 매일같이 여섯 식구들에게 사료배달을 했다. 식구들 중 삼색이는 유난히 덩치가 작았는데, 내가 밥 배달을 갈 때마다 한참이나 무릎에 앉았다 가곤 했다. 한번은 내가 사료를 내려놓고 일어서려 하자 녀석이 작정한 듯 가슴에 찰싹 매달리는 거였다. 그렇게 랭보(2008~현재)는 가슴에 매달려 우리집으로 왔다. 아마도 노랑새댁은 약해 보이는 여식이 걱정돼 귀띔이라도 한 모양이었다. "날씨도 추워지는데, 저 아저씨 따라가거라. 그럼 매일 맛난 거 먹을 수 있단다."

랭보와의 첫 만남. 녀석은 살점이 거의 없는 닭뼈를 씹고 있었다.

집으로 온 랭보가 가장 열광적인 반응을 보일 때는 늘 내가 사료배달을 다녀온 직후였다. 녀석은 정말 꼼꼼히 내 몸 구석구석을 킁킁거리며 수색했다. 그런데 랭보만큼이나 열심히 내 몸을 검사하는 녀석이 있었으니, 노랑새댁이었다. 그렇다. 둘은 나를 통해 서로의 안부를 확인하고 있었던 거다. 어쩐지 내가 사료배달을 나갈 때면 랭보는 내 바지와 손에 여러 번 볼을 부비며 냄새를 묻혔다. '엄마, 난 잘살고 있어요, 걱정 마세요' 하는 일종의 편지였다. 배달을 가서 사료를 내려놓을라치면 어김없이 이번에는 노랑새댁이 와서 랭보가 보낸 편지를 확인했다. 그러고는 내가랑이에 얼굴을 붙이고 답장을 썼다. "딸아! 거기는 춥지 않더냐. 에미 걱정은 말아라. 형제들도 잘 있단다. 그럼 이만." 어쩌면 이즈음의 나는 사료배달부보다 우편배달부의 역할이 더 컸다. 나는 이 모녀간의 편지를 전달하는 게 기뻤다. 몸이 허약해 길에서 살 수 없는 자식을 나에게 보낸 어미 심정을 어찌 다 알겠냐만 이것만은 알 것 같았다. 둘이서 매일같이 주고받는 편지가 얼마나 그립고 아름다운 것인지.

그렇게 겨울이 가고 봄이 왔다. 내가 살던 집은 전세 계약도 끝나고, 이사를 갈 수밖에 없는 상황이 되었다. 이사 가기 전날 나는 마지막으로 노랑새댁을 찾았다. 오랜만에 통조림 인심도 쓰고 사료도 넉넉하게 부어주었다. 마지막이란 걸 노랑새댁도 직감했을까. 녀석은 내 손등과 옷소매에 볼을 문지르며 딸에게 마지막 편지를 썼다. "어디를 가든 건강하고 잘살아라." 나 또한 그자리에서 노랑새댁에게 인사를 건넸다. "따님은 제가 끝까지 책임지고 잘 키울게요." 집으로 돌아와 나는 랭보에게 노랑새댁의 마지막 편지를 전해주었다. 녀석은 이삿짐을 싸는 동안 내내 곁에 붙어서 엄마의 편지를 읽고 또 읽었다.

2009년 봄 이사를 하면서 나의 시골생활이 시작되었다. 하지만 랭보는 자신이 살던 곳에서 멀어졌다는 이유로 처음엔 불만과 불안이 가득했다. 녀석은 거의 닷새나 박스에 들어가 은신하더니 막상 집안을 한 바퀴 돌고 나서야 태도가 바뀌었다. '오, 생각보다 흥미진진한 곳이군!' 녀석은 1층에서 2층으로 이어진 나무계단을 우다다 전용공간으로 사용했고, 거실은 새를 구경하는 조류감상실로 삼았다. 아무래도 벌레가 많은 시골인지라 녀석은 수시로 사냥꾼이 되어 포획물을 내 책상에 올려두기도 했다. 한번은 벌레를 무서워하는 아내가 무심코 내 책상에 앉았다가 랭보가 사냥해온 딱정벌레를 보고 깜짝 놀라 비명을 지른 적이 있다. 그러자 랭보는 '거봐, 좋아할 줄 알았어!' 하면서 또다른 사냥감을 포획하러 나갔다.

랭보의 묘생에서 전환점이 될 만한 일은 탁묘로 온 랭이와의 만남이었다. 아는 시인이 유럽으로 장기 여행을 가면서 고양이를 맡기고 갔는데, 그 녀석 이름이 랭이였다. 랭보는 갑자기 출현한 랭이와 처음부터 사이가 좋지 않았다. 보통은 합사를 하면 처음에 냉랭하던 사이도 시간이 지나면 좋아지게 마련이다. 하지만 랭보는 랭이가 온 지 석 달이 되도록 녀석을 멀리했다. 그런 어느 날이었다. 평소와 다르게 랭보가 자꾸 옷장에 숨기에 아예 옷장 문을 잠갔더니 박스로 만든 집을 이리저리 옮겨다녔다. 그리고 몇 시간 뒤 어디서 삐약거리는 소리가 들려 박스 안을 살폈더니 그새 두 마리의 새끼를 낳은 것이었다. 사실 출산 전까지 배가 거의 부르지 않아 임신한 줄도 몰랐고, 랭이와의 사이가 좋지 않아 더더욱 의심을 하지 않았다.

그렇게 랭보는 엄마가 되었고, 나는 부랴부랴 랭이를 동물병원에 데려가 중성화수술을 시켰다. 두 마리 아깽이는 엄마의 보살핌을 받으며 정말 무서운 속도로 성장했다. 겨우 걸음마를 떼던 녀석들이 눈을 떠보니 거실을 펄쩍펄쩍 날아다니고 있었다. 아깽이들의 장난은 날이 갈수록 심해서 멀쩡하던 벽지가 뜯기거나 식탁에 있던 접시가 바닥에 나뒹구는 건 예사였다. 딱 한 번 아깽이들이 우다다를 하면서 아끼던 도자기 그릇을 깨뜨리는 바람에 내가 혼을 냈더니 랭보 녀석 나를 못된 시어머니 취급을 하면서 냥냥거렸다. 하긴 녀석이 육아 스트레스를 풀 데가 만만한 나밖에 없긴 했다.

랭보가 낳은 아이들이 4개월령을 넘기면서 랭보 또한 중성화수술을 했다. 탁묘로 왔던 랭이는 수술 후 아예 우리집에 눌러앉았고, 랭보는 여전히 그런 랭이를 못마땅하게 여겼다. 사실 둘 사이에 새끼가 태어났다는 것이 어쩌면 미스터리였다. 랭보는 아이들도 있고 랭이도 옆에 있었지만, 혼자만의 공간에서 혼자 있는 것을 좋아했다. 반면 다른 고양이들은 늘 혼자 있고 싶어하는

집으로 온 랭보와 탁묘로 온 랭이는 늘 으르렁거렸고, 가끔씩 평화로웠다.

랭보 주변으로 모여들었다. 어쩌면 그것이 엄마의 운명인지도 모르겠다. 자식들 앞에서 엄마는 엄마이기 때문에 엄마의 체통을 버릴 수가 없는 것이다.

　사는 동안 랭보는 세 번의 커다란 환경의 변화를 겪었다. 도심의 어느 길에서 태어나 3~4개월을 살았고, 그렇게 사는 게 힘들어 집으로 왔으며, 자발적으로 따라온 집에서 시골로 이사를 했다가 다시 한번 더 이사를 해 새로운 곳에서 살고 있다. 녀석이 선택한 삶이 행복했는지는 알 수가 없다. 다만 확실한 것은 나와의 동거가 아닌 길 위의 삶을 선택했다면 진즉에 녀석은 길에서 생을 다했을 것이다. 올해로 랭보는 열여섯 살. 어려서부터 건강이 별로 좋지 않았던 랭보는 이제 몸도 여위고 정신도 살짝 흐려진 상태다. 나는 그렇게라도 녀석이 내 옆에 있는 게 그저 고마울 따름이다.

가끔 그런 생각을 한다. 녀석이 선택한 삶이 행복했을까?

이 아이는 자라서 이렇게 됩니다

아깽이에서 성묘까지 40마리 고양이의 폭풍성장기
ⓒ이용한 2023

1판 1쇄 2023년 10월 18일
1판 4쇄 2023년 11월 20일

지은이 이용한
편집인 이연실

기획·책임편집 이연실
편집 염현숙
디자인 강혜림
마케팅 정민호 박치우 한민아 이민경
　　　 정경주 정유선 박진희 김수인
브랜딩 함유지 함근아 김희숙 고보미
　　　 박민재 정승민
저작권 박지영 형소진 최은진 서연주
　　　 오서영
제작 강신은 김동욱 이순호
제작처 한영문화사

펴낸곳 (주)문학동네
펴낸이 김소영
출판등록 1993년 10월 22일 제2003-000045호
임프린트 이야기장수

주소 10881 경기도 파주시 회동길 210
문의전화 031) 955-2689(마케팅) 031) 955-2651(편집)
팩스 031) 955-8855
전자우편 pro@munhak.com
문학동네카페 http://cafe.naver.com/mhdn
북클럽문학동네 http://bookclubmunhak.com
문학동네 인스타그램 트위터 @munhakdongne
이야기장수 인스타그램 @promunhak
ISBN 978-89-546-9583-1 03810

* 이야기장수는 문학동네 출판그룹의 임프린트입니다.
* 이 책의 판권은 지은이와 이야기장수에 있습니다.
* 책 내용의 전부 또는 일부를 재사용하려면 반드시 양측의 서면 동의를 받아야 합니다.
* 잘못된 책은 구입하신 서점에서 교환해드립니다.
* 기타 교환 문의: 031) 955-2661, 3580

www.munhak.com